Guide de la musique classique

Dominique Boutel

Guide de la musique classique

Inédit

Illustrations des instruments par Nathalie Boileau

Sommaire

Avant-propos

On connaît toujours un peu mieux la musique classique qu'on ne croit ! Ce qui résiste souvent, ce n'est pas la musique elle-même, mais le terme de « classique », qui intimide et qui est souvent associé pour le grand public à une culture d'élite, difficile et sérieuse. Et pourtant, on n'a jamais vu autant d'élèves inscrits dans les conservatoires ! Les chorales fleurissent un peu partout et les concerts se multiplient, mêlant les genres et les générations. Les DJ, les publicitaires, les compositeurs de musique de film ne cessent d'aller puiser dans ce répertoire pour trouver leur inspiration. La musique « classique » est donc toujours bien actuelle et peut-être pas si loin de vous que cela !

Ce petit guide est conçu pour vous donner envie de pousser la porte : écrit par une passionnée, il espère donner des clefs très simples pour en savoir un peu plus et faire naître chez le lecteur l'envie d'aller plus loin et de devenir aussi un auditeur averti !

Dominique BOUTEL

Les termes en caractères gras renvoient au lexique en fin d'ouvrage.

L'histoire
de la musique classique

1

Le beau Moyen Âge et la Renaissance

Nous avons beaucoup d'idées fausses concernant le Moyen Âge qui datent, pour la plupart, du XIXᵉ siècle. Les romantiques, Victor Hugo le premier, en ont fait une époque sombre, obscure, tant sur le plan de la vie de tous les jours que de la création. Ils l'ont également perçu comme une époque unifiée : un style, une imagerie, un son… Alors que du VIIIᵉ au XVᵉ siècle, toute une histoire culturelle et musicale a eu le temps de se dérouler. Pourtant les fondements d'un monde qui se maintiendra jusqu'à nos jours sont déjà fixés et nous sommes aujourd'hui les héritiers en ligne directe de la musique médiévale.

La musique au Moyen Âge est présente partout. Elle est, en effet, intimement liée à une vie religieuse qui irradie toute la société et dont la ferveur se chante et s'écoute : au Moyen Âge, la musique c'est d'abord la voix. Messes, processions, cérémonies de toutes sortes font entendre les chantres, les moines et les fidèles dans les églises, sur les parvis, dans les rues… On se recueille, on se réjouit, on se lamente, le plus souvent en latin et sans accompagnement instrumental. La messe se psalmodie, les psaumes se chantent, et la musique tout naturellement ritualise l'expression de la foi. Outre les célébrations obligatoires du calendrier, on fait revivre l'histoire sainte : les Miracles, les Mystères, les drames liturgiques qui mettent en scène des passages de la Bible vont se multiplier et populariser un théâtre musical sacré et populaire. Mais tout cela ne s'est pas fait d'un coup.

1) L'évolution de la musique religieuse

Au VIᵉ siècle, le pape Grégoire Iᵉʳ unifie la liturgie chrétienne : du nord au sud de l'Europe, on doit célébrer la messe de la même manière. À la nouvelle Schola Cantorum de Rome, les chantres apprennent par cœur les mélodies qu'ils iront ensuite faire connaître dans toute l'Europe : des chants monodiques, interprétés à l'unisson et dont chaque note correspond à une syllabe du texte sacré. Le chant grégorien est né. Il est ainsi nommé en mémoire du pape. Mais les mélodies vont devenir de plus en plus complexes, et donc difficiles à mémoriser : un système d'écriture s'impose, qui permet de soutenir la mémoire.

2) L'invention de la portée et des notes

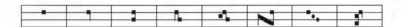

Les premiers signes apparaissent au-dessus du texte à chanter : ces *neumes*, en forme de carrés ou de losanges, ne sont pas encore des notes : ils donnent des indications d'intonation, d'inflexion, de durée. C'est un moine toscan qui, peu après l'an mil, a l'idée géniale de noter la phrase musicale et non plus seulement l'accentuation : Guido d'Arezzo invente une portée à quatre lignes où pourra s'inscrire un dessin mélodique qui monte et qui descend, comme la voix. Il nomme ensuite la hauteur des sons, en s'inspirant des premières syllabes d'un hymne à saint Jean : *UT queant laxis/Resonare fibris/Mira gestorum/Famuli tuorum/SOLve pulluti/Labii reatum...* Et le Si alors ? C'est pour bien plus tard... mais une première idée de la gamme moderne a été théorisée.

3) La musique profane

Parallèlement à la musique sacrée, il existe une musique **profane** très développée : à la cour des princes ou des riches seigneurs, les fêtes, les tournois ne sauraient se penser sans la présence des ménestrels, troubadours et autres poètes dont les airs rythment la journée. Même les batailles se font en musique ! Ces pratiques ne réjouissent pas seulement les grands : sur les places de village, chaque célébration est accompagnée de musiques que jouent parfois ces mêmes ménestrels qui brillaient la veille au château fort voisin !

Quant à la chanson, on peut dire qu'elle naît au Moyen Âge. Et certaines comme *Le chant des oiseaux* sont si connues qu'on les fredonne dans toute l'Europe et qu'elles traversèrent plusieurs générations.

4) Les musiciens des cours et des places

Troubadours, trouvères, ménestrels, jongleurs, chantres... tous ces mots servent au Moyen Âge à désigner ces musiciens si prisés de toutes les couches de la population. Ils composent des chansons qu'ils chantent devant celui qui les paie, qu'il soit duc ou paysan. Ce sont souvent de grands poètes qui composent dans leur langue (langue d'oc au sud pour les troubadours, langue d'oïl au nord pour les trouvères) des textes qu'ils mettent en musique sous forme de **ballades**, de **rondeaux** ou de **madrigaux**. On a retrouvé, dans les chansonniers, plus de cinq mille chansons médiévales, splendides manuscrits ornés d'enluminures et de notations musicales simples. On y parle principalement d'amour, même si la dévotion à la Vierge sert souvent de modèle aux déclarations qu'on fait à la Dame de ses pensées, ou plus diplomatiquement, à la femme de son seigneur. Mais on chante aussi les grands événements de la vie, on commente des sujets sérieux, on invente des légendes merveilleuses.

5) Les instruments

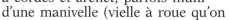

Les musiciens itinérants utilisent des instruments qu'ils peuvent transporter avec eux. Le plus utilisé est la vielle, un instrument à cordes et archet, parfois muni d'une manivelle (vielle à roue qu'on appelle aussi chifonie ou symphonie). Mais les instruments à cordes sont nombreux et parfaits pour faire danser : psaltérions, guiternes... À la cour, ce sont les harpes et les luths qui accompagnent le mieux les poésies à la dame ou les récits des hauts faits des seigneurs. En extérieur, on préfère les « hauts-instruments », les vents et les percussions dont les sons moins intimes se font entendre par tous : flûtes, chalémies et cornemuses, trompettes, chalumeaux et cornets...

Percussions, cordes frottées, cordes pincées, vents... on voit que tous les instruments que l'on pratique actuellement existent déjà, sous une forme ancienne. L'évolution de cette organologie va concourir, en partie, à l'évolution de la musique.

6) La naissance du compositeur

La musique médiévale, dans ses débuts, est anonyme : elle est composée par des artistes qui n'ont pas encore ce statut. La notion de compositeur ne vient que plus tard, lorsque certains de ces ménestrels deviennent célèbres et publient sous leur nom.

Guillaume de Machaut (1300-1377)

C'est l'un des maîtres d'une nouvelle forme d'art qui apparaît dans la deuxième partie du Moyen Âge, l'*Ars Nova*. L'*Ars Nova* est né du nom d'un traité, écrit par un évêque musicien, Philippe de Vitry, qui a codifié pour la première fois les nouvelles méthodes d'écriture. Cette formalisation entraîne, de la part des musiciens, une écriture de plus en plus complexe, qui se caractérise par des ornementations riches comme de fines broderies.

Guillaume de Machaut est aujourd'hui considéré comme le premier véritable compositeur. Il mène une vie d'aventurier, passant d'une capitale à l'autre au service des différentes cours princières.

Son œuvre la plus célèbre est la *Messe de Notre-Dame*, première messe polyphonique de l'histoire de la musique occidentale.

Gilles Binchois (1400-1460)

Soldat et prêtre, il sera toute sa vie au service de grands chefs de guerre ou de princes, entre autres à la cour de Bourgogne. C'est un excellent compositeur dans une veine assez traditionnelle. On recense, dans la production qui nous est parvenue, des mouvements de messe, des psaumes et des motets, ainsi que cinquante-quatre chansons. Il compose sur des poèmes de Charles d'Orléans, d'Alain Chartier. Un excellent ensemble de musique ancienne porte actuellement son nom.

Guillaume Dufay (1400-1474)

C'est l'un des compositeurs les plus appréciés de son temps. Comme la plupart des musiciens de l'époque, Guillaume Dufay s'est formé comme enfant de chœur à la cathédrale de Cambrai, ville où il est né. Chantre de la chapelle pontificale à Rome, Florence et Bologne, maître de chapelle à la cour de Savoie, il s'établit ensuite à Cambrai où il vivra jusqu'à sa mort. On a retrouvé plus de deux cents pièces qu'il a signées, quatre-vingt-quatre chansons, des messes et des œuvres en l'honneur de la Vierge Marie. Dufay se présente vraiment comme un compositeur cosmopolite : il réalise la synthèse entre les écritures françaises, italiennes et anglaises de l'époque et annonce la Renaissance.

7) La musique à la Renaissance

Cette période prolonge en musique tout ce que le Moyen Âge a imaginé. L'art des chansons y atteint un raffinement extrême. Ainsi, en France, la poésie de Ronsard ou de Marot est mise en musique de façon très vivante par des compositeurs comme Clément Janequin ou Josquin des Prés. En Italie, on assiste à la naissance du madrigal. Chanson à plusieurs voix, le madrigal met lui aussi en valeur un texte, comme dans les magnifiques pièces de Claudio Monteverdi ou de Carlo Gesualdo. Comme les Anciens, les artistes rapprochent musique et textes. La voix, toujours considérée comme l'instrument par excellence, est la source de toutes les inspirations et les partitions écrites pour d'autres instruments s'en inspirent : la ligne mélodique imite sa souplesse, son style d'ornementation ou son expressivité.

La Renaissance est aussi une période de circulation et d'échanges : l'invention de l'imprimerie permet la diffusion des partitions de musique dans toute l'Europe, et, d'orale, la transmission des répertoires et des savoirs devient plus savante. Marquée aussi par le goût des échanges, la cour française, celle de François Ier tout spécialement, invite des artistes italiens, alors que les artistes français font les délices des cours italiennes ou allemandes.

Grâce à l'habileté des **facteurs**, les instruments deviennent de plus en plus raffinés : le luth (*vihuela* en Espagne) est très prisé pour accompagner les chansons mais il suscite également une grande littérature de la part des compositeurs. En Allemagne, des luthiers perfectionnent les orgues. L'épinette en France, le virginal en Angleterre, ancêtres du clavecin, se perfectionnent et inspirent aux compositeurs de très belles pages, qu'ont plaisir à jouer reines et princes.

Toutes ces inventions incitent les interprètes à améliorer une technique rendue plus évidente par la richesse sonore et la liberté gestuelle générées par ces progrès. Tous les ingrédients sont en place pour un envol de l'expression musicale.

Josquin des Prés (1440-1521)

C'est le premier grand musicien de la Renaissance. Bien que né en Picardie, Josquin travaille quasiment toute sa vie en Italie, à la cour des Sforza. Mais ses partitions circulent partout et on lui passe commande depuis toute l'Europe, à tel point qu'on le surnomme même le *prince des musiciens*. Dans un style libre, il sait allier la virtuosité, héritée des grands maîtres de l'*Ars Nova*, et l'émotion, dans un équilibre parfait entre les paroles et la musique. On raconte que l'empereur Charles Quint adorait sa chanson *Mille Regrets*.

Clément Janequin (1485-1558)

Malgré une vie passée au service de princes, et notamment du roi Henri II, Clément Janequin vécut dans une grande pauvreté. C'est d'une certaine façon le fondateur de la chanson française, une chanson légère et galante où l'on évoque souvent la société de l'époque, avec humour et liberté. Il publie deux cent soixante-quinze chansons à deux, trois ou quatre voix, dans lesquelles il traite de tous les genres : érotique, lyrique, narratif... On y trouve un goût imitatif de la nature et un effet de théâtralisation de la chanson. Ainsi, au lendemain de la victoire de François Ier, il écrit sa célèbre *Bataille de Marignan*. Les chanteurs y imitent les cris de guerre, le cliquetis des armes. Certaines de ses chansons deviennent de véritables « tubes » dans toute l'Europe : *Les cris de Paris, le caquet des femmes, Le chant des oiseaux...*

II

Le baroque

La musique baroque, une invention de la fin du XXᵉ siècle ? Quelle absurdité ! Et pourtant… jamais on ne l'a tant aimée que depuis une trentaine d'années. Ce succès persistant procède probablement d'une convergence, assez rare de nos jours, entre la passion des musiciens qui étudient, jouent, enregistrent à foison, et l'enthousiasme du public qui investit les lieux de concert et fait fleurir les festivals.

Sachons rendre à l'histoire ce qui lui appartient : le baroque, c'est d'abord une période musicale, qui s'étend approximativement du début du XVIIᵉ siècle à la moitié du XVIIIᵉ siècle, du premier véritable opéra, *Orfeo* de Monteverdi (Mantoue, 1607) à la mort de Bach (Leipzig, 1750). Pendant ces cent cinquante ans, dans toute l'Europe, s'invente une musique toute nouvelle, brillante, riche, variée, mais que les siècles suivants oublieront presque. Quelques grands noms serviront d'alibi (Bach, Haendel, Vivaldi) mais on aura perdu les saveurs multiples de cet art. Le mot baroque, ce *barroco* qui désigne en portugais une pierre irrégulière, signifie bien le changement, l'inattendu, les miroitements innombrables. Les musiciens d'aujourd'hui vont s'ingénier à dépoussiérer cette tradition : redécouvrir des partitions et des auteurs oubliés, retrouver les timbres d'époque en jouant sur des instruments anciens, reconstituer les ornementations, réinventer les façons d'improviser, retrouver les allures dansantes autant que les voluptés austères de la musique religieuse. Ainsi joue-t-on aujourd'hui Scarlatti au clavecin, autant sinon plus que sur un piano moderne.

C'est à l'époque baroque que voient le jour la plupart des formes musicales qui vont évoluer par la suite : l'opéra, le concerto et la notion de soliste, les grandes formes de musique sacrée, la musique instrumentale. C'est aussi le moment où se constitue de façon définitive le système tonal, c'est-à-dire une organisation des notes selon des échelles de sept sons, les gammes. Les principales sont la gamme majeure et la gamme mineure, qu'on nomme toujours d'après leur première note, la tonique. On dira donc qu'on est en do majeur ou en sol mineur, si le morceau s'organise autour de la gamme de do majeur ou de celle de sol mineur. Cette structure permet à la musique d'être parcourue de moments de tension et de détente, d'être rythmée par des impressions de dissonances et de consonances, tout un système qui ne sera remis en question, dans la musique dite classique, qu'à la fin du XIXe siècle.

1) La naissance de l'opéra

Les Grecs de l'Antiquité pratiquaient une forme de spectacle, la tragédie, qui mêlait la poésie, le chant et la danse. Dès la Renaissance, en Italie, en imitation des Anciens, on donne des spectacles poétiques et musicaux, des airs accompagnés par un ou deux instruments. Certaines poésies sont chantées et entrecoupées d'intermèdes qui mêlent musique et danse. Petit à petit, on agrémente ces spectacles d'«effets spéciaux» : des machineries font voler des dieux sur des nuages, le soleil monte et descend, la nature s'anime... Le public apprécie fort ce type de divertissements qui prennent de plus en plus d'importance. Avec *Orfeo*, Monteverdi fait évoluer le genre : reprenant une histoire antique, l'opéra raconte la mort d'Eurydice et la douleur d'Orphée qui part la chercher aux Enfers. Les dialogues sont chantés, accompagnés par un orchestre entouré par des chœurs. Entre les dialogues s'intercalent des récitatifs qui font avancer le récit, sortes de psalmodies, soutenues par un instrument de basse continue (clavecin, luth, viole, théorbe, petit orgue...), qui oscillent entre chant et diction. Pour la première fois, musique et texte sont traités à part égale et le texte n'est plus seul à véhiculer la palette de sentiments. Cette forme, créée à Mantoue, se répand dans toute l'Italie, en particulier à Venise et à Naples. Les chanteurs deviennent de véritables virtuoses et suscitent un immense engouement, comme le célèbre Farinelli, dont un film récent retrace la carrière. Ce sont donc les **castrats,** à la voix aiguë comme les contre-ténors d'aujourd'hui, qui sont les premières vedettes du chant lyrique.

La France, bien que subissant l'influence de l'Italien Lully, voit la comédie-ballet et la tragédie lyrique se développer. Qu'elle soit rivale de la danse ou du texte, la musique prend une place de plus en plus importante, tout en leur restant assujettie. Lully travaille avec Molière puis Corneille et Quinault, mais c'est lui qui détient le vrai pouvoir : il est le favori du roi Louis XIV, qu'il a aidé, par ses ballets, à briller comme un soleil. À la mort de Lully, ce sont Campra ou Jean-Philippe Rameau qui font évoluer le genre.

2) Les nouvelles formes

Comme à l'époque précédente, progrès et création sont intimement mêlés.

À Crémone, en Italie, des génies de la lutherie, Amati, Guarneri et Stradivari, donnent au violon, instrument souvent prisé des compositeurs, un timbre diabolique. Quelle nouvelle inspiration que cette sonorité brillante! À Bologne, Arcangelo Corelli, virtuose de l'instrument et compositeur, se demande comment l'enseigner. Par ailleurs, on invente l'alto au son plus grave et le violoncelle, nouvel arrivant, rivalise avec la viole. Dans les ensembles d'instruments, la voix de dessus, la plus aiguë, occupe une place de plus en plus importante, jusqu'à devenir soliste. C'est la naissance du *concerto grosso* qui oppose un petit groupe d'instruments au reste de l'orchestre, suivie de celle du *concerto*, où un instrument dialogue ou s'oppose à un groupe d'instruments. Le grand maître du genre, Antonio Vivaldi, écrira plus de cinq cents *concerti*. Il donne une place virtuose à un soliste, le plus souvent le violon, mais aussi la flûte, ou des instruments peu connus, la mandoline, le basson ou encore la viole d'amour, suivant ce que savent jouer les jeunes musiciennes qui sont à sa disposition. Une autre forme se développe également, c'est la sonate, de l'italien *sonare* qui veut dire sonner : écrite pour un ou deux instruments, soutenus par une basse continue (clavecin ou violoncelle), elle se décline en sonate d'église ou sonate de chambre. Partout, les partitions fleurissent, destinées à un, deux, trois instrumentistes, jusqu'à une dizaine, qui peuvent ainsi tenir dans un petit salon. Mais en France, ce n'est pas le violon qui est le plus prisé : on lui préfère le luth, la viole ou le clavecin pour lesquels apparaissent de splendides pages écrites par Jean-Philippe Rameau, Marin Marais, Marc Antoine Charpentier ou le grand claveciniste François Couperin. En Allemagne, un homme réalise la synthèse entre les courants français, allemand et italien, c'est Jean-Sébastien Bach. Maîtrisant les différentes techniques de composition, familier des styles, compositeur prolifique, il conjugue polyphonie et harmonie. L'audace de ses compositions sacrées est loin de plaire à tout le monde.

3) La musique religieuse

Lorsque les artistes baroques s'expriment dans la musique liturgique, ils y appliquent les découvertes et les évolutions stylistiques de leur époque. L'influence de l'opéra conduit à la création de l'**oratorio**, un drame au sujet religieux. En France, écartés de la cour par l'omniprésence de Lully, nombre de compositeurs s'expriment à travers la musique sacrée : le plus prolifique est certainement Marc Antoine Charpentier, dont on vient de fêter le tricentenaire en 2004. Il compose des messes, mais aussi des motets pour plusieurs voix, parfois accompagnés d'un orchestre et d'un chœur, et composés sur des textes bibliques. En Allemagne, sous l'influence de la Réforme protestante, une forme nouvelle est apparue, à la fin de la Renaissance : le **choral**, œuvre à une ou plusieurs voix, en langue allemande, plus facile à mémoriser que le latin, qui continue à se développer pendant l'époque baroque, dans l'Allemagne du Nord luthérienne. Plus au sud, l'esprit d'une culture catholique rôde encore. Des compositeurs comme Schütz ou Bach se laissent influencer par les modèles italiens, s'initient à la polyphonie, au récitatif, des innovations qui ne sont pas toujours bien perçues !

4) Les compositeurs

Claudio Monteverdi (1567-1643)

À sa mort, à soixante-seize ans, Monteverdi, celui qu'on appelait *l'oracle de la musique*, était devenu le musicien le plus célèbre d'Europe. Venise, où il résidait, lui fit de somptueuses funérailles auxquelles assistèrent tout ce que la Sérénissime république comptait de musiciens et de personnages influents. Pourtant, c'est récemment que la figure de Monteverdi reprit une place centrale dans l'histoire de la musique occidentale, pas seulement pour la beauté des œuvres qu'il nous offre, mais pour l'importance décisive de son écriture sur l'évolution de la musique.

La première trace musicale que l'on a de lui est un manuscrit de cantiques à trois voix, écrit à quinze ans. Il en a vingt-trois quand il arrive à Mantoue, engagé comme joueur de viole et chanteur par Vincenzo Gonzaga. Dix-sept ans après son arrivée à Mantoue, Monteverdi se voit commander une œuvre vocale, sur le thème d'Orphée. Avec une maîtrise absolue pour une première, Monteverdi fait preuve d'une étonnante imagination, mêlant les chœurs, faisant ressortir le chant des solistes, créant le récitatif en musique et, surtout, donnant vie à chaque personnage dans son chant. Le succès est extraordinaire. Mais à la gloire née de la musique succède le drame : sa jeune épouse, Claudia, meurt. Malgré le deuil, Monteverdi doit reprendre un travail épuisant de compositions pour satisfaire les exigences du duc. De ce labeur acharné naîtra l'inoubliable *Lamento d'Ariane*, le *Sixième Livre de madrigaux*, la *Messe* et les *Vêpres*. En 1613, il est heureusement nommé maître de chapelle à Saint-Marc de Venise, où il écrit de nouveaux chefs-d'œuvre, *Le combat de Tancrède et Clorinde*, *Le couronnement de Poppée*. Monteverdi jouit enfin de la reconnaissance et d'une belle aisance jusqu'à sa mort.

Au fil des livres de *madrigaux* que publie Monteverdi, on observe la lente métamorphose d'un art qui, d'illustratif, devient expressif : les passions, les affects portés par les mots des poèmes choisis à dessein par le compositeur concourent à donner à la musique une construction nouvelle, finalement plus libre, plus dramatisée. Le madrigal est devenu une pièce libre.

Antonio Vivaldi (1678-1741)

La musique de Vivaldi est tombée longtemps dans l'oubli (malgré l'intérêt que lui portèrent Jean-Sébastien Bach ou Haydn !) et il fallut attendre le XXe siècle pour que l'on réentende la plus grande partie de la musique du « prêtre roux ».

Vivaldi devient prêtre en même temps que professeur à l'orphelinat de la Pietà, à Venise. C'est pour les jeunes orphelines de cette institution, excellentes musiciennes, qu'il compose la plupart de ses *concerti* virtuoses. Le compositeur devient vite célèbre, et l'on se déplace de toute l'Europe pour venir écouter jouer cette musique à la fois puissante et céleste, interprétée par des jeunes filles invisibles, comme le veut la règle du couvent. Mais Vivaldi compose aussi beaucoup pour l'opéra, des œuvres que l'on commence à redécouvrir : les voix y sont traitées, à l'instar des violons des *concerti*, comme des feux d'artifice ! Personnage extravagant et imprévisible, riche et célèbre une bonne partie de sa vie, Vivaldi meurt à Vienne seul et sans le sou et on l'enterre dans la fosse commune.

Admirable violoniste lui-même, Vivaldi a donné à cet instrument une vraie place de soliste et fait accomplir parfois à l'interprète des prodiges de virtuosité : il suffit, pour le comprendre, d'écouter l'un des nombreux *concerti* qui sont maintenant disponibles dans des interprétations modernes ou baroques. Son goût pour l'instrument lui fait développer des techniques d'archet, utiliser toute la longueur du manche, multiplier les «double cordes», l'archet jouant sur deux cordes à la fois : tout un travail sur la recherche de sonorités nouvelles, dont il sait marier les timbres avec celles d'autres instruments nouveaux venus : violoncelle ou basson. Ce qui frappe d'emblée, c'est l'énergie vitale qui se dégage de cette musique, une vitalité née d'un sens extraordinaire du rythme et d'une imagination audacieuse dans les harmonies, les combinaisons de sons et les libertés qu'il offre dans la partition...

Jean-Sébastien Bach (1685-1750)

Orphelin assez jeune, il fait ses études sous la direction de son frère aîné. Passionné et avide d'apprendre, il arpente à pied ces régions du nord de l'Allemagne pour aller entendre les grands maîtres de l'orgue que sont à l'époque Pachelbel, Froberger et Buxtehude.

La virtuosité de Bach comme organiste et violoniste lui obtient un premier poste à la cour du duc de Saxe à Weimar, puis à la cour raffinée du prince d'Anhalt. Enfin, sa renommée lui vaut le poste très envié de cantor (maître de chapelle) de l'église protestante de Leipzig. Il y restera jusqu'à sa mort. Il lui faut composer sans relâche, sur commande ou au gré des circonstances, pour la vie religieuse : pièces d'orgue, passions, messes et oratorios, ainsi qu'une cantate par dimanche. Mais écrire ne suffit pas, encore faut-il ensuite faire jouer et chanter ses compositions, par des musiciens souvent amateurs, et plus ou moins éclairés... Tout cela lui inspire des thèmes de cantate, des cahiers d'études et cette énergie vitale s'entend dans sa musique. C'est atteint de cécité qu'il écrit sa dernière grande œuvre, *L'art de la fugue*, puis il s'éteint à Leipzig, le 28 juillet 1750.

Jean-Sébastien Bach est organiste et violoniste ; il compose des cantates d'église (environ trente-cinq), ainsi que des pièces pour clavecin dont le célèbre *Clavier bien tempéré*.

Puis c'est la période des grandes compositions religieuses (les grands Chorals pour orgue, plus de deux cents cantates, des oratorios, la *Passion selon saint Jean*, la *Passion selon saint Matthieu*, cinq messes, un magnificat et l'*Offrande musicale*).

Mis à part l'opéra, Jean-Sébastien Bach a touché à toutes les formes musicales de son temps. Il porte au plus haut niveau l'art sacré et profane issu de trois siècles de musique et perfectionne les formes héritées du passé. Esprit ouvert aux courants de son temps, il en assimile le meilleur : sa connaissance intime des musiques française et italienne dont il recopie les partitions, ainsi que de la musique allemande, lui permet d'en faire une synthèse qui constitue un admirable miroir musical de son temps.

Sa musique aura une importance considérable sur l'écriture musicale romantique.

Georg Friedrich Haendel (1685-1759)

Haendel appartient à ce genre toujours fascinant du génie précoce. À huit ans, son talent d'organiste impressionne le duc de Saxe qui obtient qu'il fasse des études de musique. À onze ans, il en sait plus que son professeur et commence une série de pérégrinations européennes : il se rend à Lubëck, à Hambourg où il découvre l'opéra et commence à en écrire. Puis, c'est l'Italie : il compose ses premiers *opere serie*, des oratorios, des cantates, se mesure à Scarlatti lors d'un duel musical historique et obtient un triomphe à Venise.

Il s'installe, ensuite, pendant plus d'un demi-siècle en Angleterre où il écrit ses plus beaux opéras et de splendides musiques de fête pour la cour, comme la *Water Music*. À la suite de certaines difficultés, il ne compose bientôt plus que des oratorios religieux, auxquels il donnera une couleur vraiment anglaise. Le plus connu d'entre eux est le *Messie*. Atteint de cécité à la fin de sa vie, il n'en continue pas moins d'improviser à l'orgue ou de diriger certaines de ses œuvres de mémoire. Il s'éteint à Londres le 14 avril 1759. Les Anglais l'enterrent à Westminster et ils se lèvent toujours pour l'*Alleluia* de son *Messie*.

III

L'époque dite « classique »

Le mot « classique » employé en musique n'est pas toujours facile à cerner : selon le contexte où on l'utilise, il a des sens bien différents. En effet, lorsqu'on emploie l'expression « musique classique », on désigne généralement presque toute la musique savante écrite avant notre époque : de Guillaume de Machaut à Stravinsky, on est dans le classique.

Pourtant, au regard de l'histoire de la musique, le mot prend un autre sens : la période classique désigne le répertoire d'une époque somme toute très courte, qui couvre la deuxième moitié du XVIIIe siècle et le tout début du XIXe siècle. Bien sûr il faut savoir manier ces étiquettes avec précaution : est-on dans l'erreur si l'on parle de Haendel comme d'un classique, quand d'autres le qualifient de baroque ? Les fougues beethovéniennes et ses incroyables audaces harmoniques sont-elles encore classiques alors qu'elles ouvrent en grand la porte du romantisme et même du XXe siècle ? L'important est plutôt de voir que, pendant ces quelques décennies, l'écriture musicale se fixe un certain nombre de règles et atteint une sorte d'apogée dans ses réalisations.

1) De nouvelles géométries instrumentales

La sonate s'épanouit au XVIIIe siècle. Le terme désigne une œuvre instrumentale en plusieurs mouvements née de la suite de danses, une forme très populaire qui faisait se succéder des rythmes différents : allemande, courante, bourrée, gigue… La sonate va progressivement se soumettre à des conventions plus strictes et se développer en trois ou quatre mouvements : mouvement vif (notés *allegro* ou *allegretto*), mouvement plus lent (*adagio* ou *andante*), menuet et finale très enlevé. Mais surtout, la sonate réduit son effectif instrumental : après avoir désigné des pièces pour trois instruments (*sonate a tre*), elle se réduit à un seul, ou parfois à deux instruments qui dialoguent.

2) La symphonie

C'est au XVIIIᵉ siècle qu'apparaît peu à peu l'orchestre moderne. Les instruments se perfectionnent et gagnent en puissance. C'est un plaisir de les combiner, plaisir que ne se refuseront pas les compositeurs classiques, qui voient là un nouveau moyen d'expression, foisonnant de couleurs. L'orchestre lui-même s'étoffe. Il est constitué à ses débuts du quatuor à cordes, auquel s'ajoutent deux flûtes, deux hautbois et deux bassons. Une nouvelle venue, la clarinette, s'y adjoint rapidement, ainsi que des cors, des trompettes, des trombones et des percussions. La multiplication des cordes et la constitution de sous-ensembles d'instruments semblables, les pupitres, amènent à une configuration qui varie entre vingt et soixante musiciens.

À l'époque, comme de nos jours, les opéras débutaient par une partie instrumentale, avant l'entrée des chanteurs : l'*ouverture*. Cette dernière prend son indépendance et devient une pièce de musique autonome dont la durée s'allonge. On divise l'œuvre en plusieurs parties, on abandonne la basse continue, et la symphonie est née.

Elle doit beaucoup à Joseph Haydn, compositeur autrichien, qui en écrit plus de cent et établit une structure qui variera peu : trois ou quatre mouvements qui alternent tempi lent et rapide, un dialogue des timbres et des pupitres… Mais cette complexité organique ne peut prendre vie que sous l'impulsion d'une personnalité qui domine le texte musical : le chef d'orchestre devient indispensable.

3) Les compositeurs dits « classiques »

Joseph Haydn (1732-1809)

Joseph Haydn, fils d'un artisan autrichien, devient petit chanteur de la cathédrale de Saint-Étienne et il acquiert ainsi ses premiers rudiments de musique. Après avoir vécu tant bien que mal pendant des années, il devient chef d'orchestre et maître de chapelle du prince Esterházy. Haydn passe trente ans de sa vie, jusqu'à la mort du prince, dans les domaines de ce dernier, à écrire des œuvres que son mécène lui commande. Il est en charge de l'orchestre et celui-ci lui sert à tester toutes ses innovations musicales. C'est à l'occasion d'un voyage qu'il découvre l'Angleterre, en 1794.

Il est célèbre dans toute l'Europe. En 1802, alors que sa santé ne cesse de décliner, il démissionne de son poste de maître de chapelle. Il décède le 31 mai 1809 à Vienne.

Haydn est un compositeur des plus prolifiques. Il a écrit une centaine de symphonies, vingt concertos, des dizaines de quatuors à cordes, des trios, une trentaine de sonates et six messes à la demande du prince Esterházy.

Wolfgang Amadeus Mozart (1756-1791)

La vie de Mozart, en tout cas son enfance, fait partie de la culture universelle. Avec une extraordinaire précocité, il fait preuve d'un talent remarquable non seulement dans l'interprétation mais aussi dans la composition. Son père le fait donc quitter Salzbourg et l'emmène sillonner les cours d'Europe : c'est partout le même émerveillement pour ce petit garçon qui retient une mélodie dès qu'il l'a entendue, qui déchiffre les partitions sans effort apparent.

Les voyages forment le goût musical du jeune compositeur. Il rencontre à Londres Jean-Chrétien Bach (le fils de Jean-Sébastien), puis il fait l'expérience de la musique italienne, ce qui l'incite à écrire son premier opéra. Il devient le maître de chapelle du prince-archevêque de Salzbourg, dont il ne supporte pas le joug. En 1781, il s'installe à Vienne et compose quelques-unes de ses œuvres les plus magistrales : ses opéras *Les noces de Figaro* et *Don Giovanni* sont un triomphe. Malgré cela, la situation matérielle de Mozart se détériore. En dépit des succès que sont encore *La flûte enchantée*, qu'il a à peine la force de diriger, et *Cosi Fan Tutte*, Mozart meurt épuisé, pauvre et solitaire, dans la nuit du 5 décembre 1791, laissant inachevé le manuscrit de son *Requiem*. Le corps de cet incomparable génie est jeté à la fosse commune ! De Mozart, il nous reste pourtant plus de trois cents chefs-d'œuvre dont la fantaisie, l'imagination et la vitalité parlent toujours à nos âmes modernes.

Virtuose du clavier, Mozart a écrit d'abord pour le clavecin, puis pour le pianoforte, un instrument qu'il découvre en 1777 et pour lequel il s'enthousiasme. Ce plaisir du progrès au service de la pensée musicale, Mozart l'expérimente avec d'autres instruments : il se passionne pour les timbres de certains vents comme la clarinette pour laquelle il écrira de très belles pages, ou encore pour les sonorités d'un harmonica de verre, des cloches ou de la harpe. La musique instrumentale est dominée par son goût pour les symphonies, mais il compose beaucoup pour une forme encore jeune, le concerto : concerto pour flûte et harpe, pour clarinette et surtout pour clavier.

4) Des compositeurs à la frontière du romantisme

Ludwig van Beethoven (1770-1827)

Sa vie ainsi que sa musique ont fait de lui un héros romantique et la dimension spirituelle de son œuvre a donné à son art un nouveau statut : la musique devient une forme d'expression artistique qui vaut pour elle-même.

Beethoven est né dans une famille de musiciens. Il a dix-neuf ans en 1789 et s'enflamme pour les idées de liberté, d'égalité, un credo auquel il restera fidèle toute sa vie.

En 1792, à la suite de sa rencontre avec Haydn, à qui il montre ses premières compositions et qui lui propose d'étudier avec lui, il s'installe à Vienne où il passera le reste de sa vie. Il se fait connaître comme pianiste et improvisateur, dans les salons de la noblesse qui prise fort sa virtuosité. Mais, en 1802, la vie de Beethoven bascule : il découvre sa surdité naissante. Torturé par des idées de suicide, de plus en plus coupé du monde des hommes, obligé d'interrompre sa carrière de pianiste, Beethoven compose pourtant ses pièces les plus fortes. C'est à cette époque qu'il écrit la symphonie n° 3, dite *Héroïque*, qu'il dédie d'abord à Bonaparte. Cette dédicace traduit l'hommage à l'homme qui combat les inégalités, mais aussi les souffrances du créateur face à l'adversité. Apprenant que Bonaparte s'est fait sacrer empereur, Beethoven griffe rageusement sa dédicace ! Malgré de grandes périodes d'abattement et de doutes,

Beethoven continue à composer de grands chefs-d'œuvre, la *Sonate au clair de lune*, la célèbre *5ᵉ symphonie*, dont le début est si prenant, si unique, et si universellement connu, la *Symphonie pastorale* dans laquelle on entend fourmiller la nature qu'il aimait tant ! Ses œuvres expriment toute la gamme de ses sentiments et de ses humeurs, de la sensibilité la plus tendre à la fureur la plus impressionnante. À la fin de sa vie, la surdité devient totale. Beethoven compose pourtant ses œuvres les plus audacieuses : ses derniers quatuors, ses dernières sonates. Malgré cette infirmité ? Ou grâce à elle ? Il dirige encore parfois ses œuvres, sans en entendre une seule note, et continue à battre la mesure alors que la musique s'est tue. La dernière année est terrible, il meurt un soir d'orage le 26 mars 1827.

Beethoven est à la charnière entre deux siècles, le XVIIIᵉ et le XIXᵉ : il est à la fois héritier et précurseur. Il mène les formes classiques jusqu'au bout de leur logique et préfigure les idées qui vont nourrir le romantisme. Son influence sur ses successeurs va être incomparable.

Beethoven compose bien sûr beaucoup pour le piano, mais s'intéresse tout de suite à l'écriture de la musique de chambre. C'est en 1824, trois ans avant sa mort, qu'il compose sa 9ᵉ et dernière symphonie. En ajoutant un chœur et des chanteurs solistes à une monumentale partie d'orchestre, Beethoven, une fois de plus, innove et révolutionne la symphonie classique. De plus, le choix du texte de Schiller, l'*Hymne à la joie*, qui est un vibrant appel à la fraternité humaine, fait de cette œuvre un émouvant chant d'espoir. C'est d'ailleurs cette pièce qui a été choisie comme hymne de la communauté européenne.

Franz Schubert (1797-1828)

Franz Schubert est né, a vécu et est mort à Vienne. On peut le comparer à Mozart pour la fulgurance de son génie. Compositeur prolifique et inspiré, Franz Schubert a composé en à peine vingt ans un catalogue immense qui comprend pas moins de dix symphonies, de magnifiques pièces de musique de chambre, dont le célèbre quintette *La truite* ou encore le quatuor *La jeune fille et la mort*, de la musique pour piano et surtout plus de six cents **lieder**.

Élevé dans un milieu familial de modestes musiciens, Schubert apprend l'orgue, le piano, le chant et l'harmonie avec l'organiste du diocèse, et commence à composer à douze ans. Sa jolie voix lui permet d'entrer à la Chapelle impériale en 1808 et de recevoir une éducation gratuite.

Il compose très vite des œuvres remarquables, destinées souvent au cercle de ses amis qui se réunissent volontiers à l'occasion de « Schubertiades », où l'on joue de la musique, chante et discute esthétique ! Mais Schubert vit mal, il se fait escroquer par les éditeurs, donne quelques leçons et survit essentiellement grâce à la générosité de ses amis. La maladie, qui se manifeste dès 1822, affecte ses capacités mais il n'en continue pas moins de composer jusqu'à sa mort, à l'âge de trente et un ans. Il est enterré, selon son souhait, au cimetière de Vienne, non loin de Beethoven.

Mis à part la musique de chambre, quelques lieder et l'œuvre pour chœur, sa musique ne fut éditée qu'après sa mort et il n'eut quasiment pas l'occasion de l'entendre jouer. Elle est l'expression même du romantisme allemand, que symbolise ce personnage du « Wanderer », celui qui erre et qui cherche, chanté dans un lied magnifique. Dans ses lieder (il en a écrit plus de six cents), il met en musique, les plus belles pages de la poésie germanique : Schiller, Goethe, Heine. Cet art de la mélodie se retrouve dans toutes ses œuvres, même instrumentales.

IV

Le romantisme

« Qui dit romantisme dit art moderne – c'est-à-dire intimité, spiritualité, couleur, aspiration vers l'infini », écrit Baudelaire… N'at-on pas là les clés d'un courant qui a illuminé tout le XIXe siècle, et dont les fulgurances marquent encore aujourd'hui ? Lien de l'intime et du spirituel, ivresse de ce qui nous dépasse, revendication de la modernité… tout cela vaut pour la musique comme pour la poésie ou la peinture.

Sur le plan historique, la période romantique, fille de la tourmente révolutionnaire de 1789, est marquée en France par deux autres révolutions, en 1830 et 1848, dont les idéaux marquent les esprits. Les thèmes chéris de la création artistique dérivent de la pensée des Lumières, avec en prime une exaltation proprement « dix-neuviémiste ». Sensibilité, rêverie, émotion y tiennent une place prépondérante en même temps que se renforce l'idée de l'individualité du créateur, qui échappe aux règles établies pour trouver une expression personnelle. Cette période est donc celle de l'éclatement des formes : on rejette – ou on assouplit – les contraintes classiques, on cherche le nouveau, on applaudit l'inédit : « C'est beau parce que c'est neuf », dit Chopin.

Les œuvres composées touchent aux extrêmes : soit très longues et complexes, comme certaines symphonies ou des opéras, soit très brèves, comme certaines pièces pour piano par exemple. Les compositeurs ne puisent plus dans la mémoire formelle classique pour trouver des sources d'inspiration. Ces dernières se multiplient : folklore traditionnel, vieilles légendes, littérature contemporaine… Mais ce rejet de l'académisme n'est pas sans conséquence pour la vie de l'artiste, et c'est à cette époque que l'on voit se développer cette image du compositeur incompris, seul face à la création et au génie.

1) Effervescence !

Paris est l'une des capitales de ce romantisme : la vie artistique y est éblouissante, et dans toutes les disciplines. Les salons accueillent des réunions où l'on discute, joue de la musique et déclame les vers des poètes à la mode. La ville est d'ailleurs furieusement cosmopolite et elle attire des créateurs de toute l'Europe : Chopin y rencontre Rossini, Cherubini, Mendelssohn et Liszt... rien n'est plus parisien !

À Vienne, c'est plutôt dans les cafés que se maintient la tradition de la rencontre. C'est là que Franz Schubert organise de merveilleuses Schubertiades pour lesquelles il compose de la musique pour chœur, des pièces de musique de chambre.

L'Italie n'est pas en reste. On y applaudit toute une école qui renouvelle l'opéra, on se pâme devant les grandes voix et on s'extasie de toutes les prouesses musicales. Le violoniste virtuose, Niccolo Paganini, fascine les foules par l'extraordinaire habileté de son jeu : comment expliquer ces coups d'archet, cette vélocité des doigts, cette musique qui parfois fait entendre deux instruments là où l'on en voit qu'un seul !

2) Musique pure, musique à programme

La musique romantique s'oriente dans deux directions qui semblent opposées : une expression qui parle pour elle-même, trouve en son sein ses principes d'organisation et son sens. Ou un art qui porte une histoire, suit un fil narratif ou psychologique.

Avec sa *Symphonie fantastique*, Hector Berlioz innove, en distribuant le programme de l'œuvre, qui en explique le déroulement dramatique : la musique reflète pas à pas les modifications d'une âme. Cette forme musicale va se développer avec Franz Liszt et le *poème symphonique* : c'est une peinture sonore en un mouvement dont le sujet est emprunté à la littérature ou à l'expérience personnelle du compositeur.

Johannes Brahms ou Félix Mendelssohn, eux, sont à la recherche de la musique pure, qui s'inspire de sa structure, de son propre langage pour se développer.

En Allemagne, l'ambiance n'est pas celle du bourdonnement mondain des salons parisiens. Le romantisme allemand s'exprime beaucoup autour du chant et de la voix. L'amour de la nature, la réflexion sur la solitude et une grande intimité avec la littérature, romanesque ou poétique, conduisent les compositeurs allemands et viennois vers une forme de romantisme différent. Le piano d'un Schumann, d'un Brahms ou d'un Schubert est moins démonstratif, plus secret que celui de Liszt. Ces compositeurs ne sont pas ouvertement « modernes », ils s'inscrivent davantage dans une tradition classique qu'ils font évoluer de l'intérieur. Ils inventent une forme musicale, le lied (au pluriel, lieder), longue mélodie chantée dans laquelle musique et poésie se marient intimement, portant chacune le sens de l'œuvre. Cette mise en musique poétique a un équivalent en France, avec les *mélodies*, poèmes signés Hugo, Musset, Gautier, Baudelaire, mis en musique par Berlioz, Liszt, plus tard Duparc ou Chausson.

3) Les instruments se modernisent

Dans la première moitié du XIXᵉ siècle, le piano est l'instrument roi. Les innovations techniques apportées par Sébastien Érard en particulier (le double échappement qui permet la répétition rapide d'une même note, le renforcement du cadre qui multiplie la puissance de l'instrument) font de lui l'instrument moderne qui sert la créativité des pianistes compositeurs que seront Chopin, puis Liszt. Le piano est aussi l'instrument soliste par excellence, celui qui met en valeur son interprète, sur le plan de la virtuosité mais aussi sur celui de l'expression.

Par ailleurs, la révolution technologique des instruments ouvre de nouvelles possibilités. Adolphe Sax, à Paris, invente le saxophone et ses lointains cousins, le saxhorn, le saxotrombas, que des compositeurs comme Berlioz vont s'empresser d'utiliser dans leur orchestre. Les bois également font des progrès avec le perfectionnement des clefs, ainsi que les cuivres avec les pistons. Puissance, sonorités nouvelles, virtuosité démultipliée, ces nouveaux atouts vont participer au développement de l'écriture musicale.

4) Les sociétés de concert

La pratique du concert public se développe de plus en plus. Aux concerts en plein air, donnés en France au moment de la Révolution, aux orchestres privés dépendant de la protection de la noblesse, succèdent des concerts fonctionnant par souscriptions, donnés dans les salles de théâtre, dans des parcs puis dans des lieux construits à cet effet. La première véritable salle de concert française est celle du Conservatoire, construite en 1811. En Angleterre, le Crystal Palace ou le Royal Albert Hall sont des lieux à la mode où se presse une foule de mélomanes...

Les musiciens se regroupent dans des associations, des sociétés philharmoniques constituées d'un chef d'orchestre, d'un musicien ou d'un projet musical. Ainsi voient le jour, à Paris, les six concerts annuels de la Société du conservatoire, les concerts-promenades ou les concerts d'été autour du répertoire de musique légère, ou encore les célèbres concerts populaires de musique classique de Jules

Pasdeloup et la société des concerts Lamoureux. Ces deux orchestres existent encore aujourd'hui.

L'existence de ces formations permet la diffusion de la musique en faveur auprès des auditeurs, que ce soit celle d'un passé récent, Mozart ou même Beethoven, ou celle qui vient d'être composée. Car, à l'époque romantique, la musique contemporaine, même si elle fait débat, trouve un vrai public et une écoute de connaisseurs.

5) Les compositeurs

Pendant ce XIXe siècle dominé par le piano, quelques artistes étrangers éblouiront leurs contemporains par leur jeu extraordinaire.

Frédéric Chopin (1810-1849)

Jeune pianiste prodige, il est déjà à huit ans la coqueluche des salons de la noblesse polonaise à Varsovie. Il publie à quinze ans sa première œuvre et poursuit ses études au Conservatoire tout en donnant des concerts. Puis ce sont les tournées, en Allemagne où il remporte un vif succès, puis à Vienne où il apprend l'insurrection de Varsovie. Il se rend à Paris et bientôt entame une relation amoureuse avec la romancière George Sand. Cette période sera l'une des plus fructueuses sur le plan de la création musicale. À la suite de leur séparation, il ne composera presque plus, malgré le soutien moral de son ami, le peintre Delacroix. Il meurt à Paris en octobre 1849.

Les articles de l'époque font état de son talent d'improvisateur, de la facilité de son jeu, la délicatesse de son toucher. C'est un véritable explorateur du piano : il en exploite toutes les nuances, joue sur les sonorités possibles. Ses *Études*, qui par leur titre semblent des exercices purement techniques, sont en fait l'expression d'une virtuosité au service de la vie intérieure de l'artiste. Chopin innove, avec ses *Nocturnes*, ses *Ballades* ou ses *Impromptus*, pour lesquels il ne s'inspire d'aucune forme existante. Durée, mouvements, construction, tout dépend de l'artiste et non plus de modèles antérieurs. Chopin puise également ses sources dans tout un folklore, en partie imaginaire, issu de sa Pologne natale : *polkas*, *mazurkas*, *polonaises*.

L'essentiel de son œuvre parisienne est donc destiné au clavier, pour lequel il inventera un langage totalement original et novateur.

Franz Liszt (1811-1886)

Né en Hongrie, il fait ses débuts comme pianiste virtuose à l'âge de neuf ans, mais c'est à Paris, où il séjourne à partir de 1823, que sa réputation s'établit. Il y côtoie les musiciens de son époque, Berlioz en particulier, dont il restera le défenseur.

Fasciné par la technique d'un violoniste d'origine italienne, Niccolo Paganini, il décide d'élargir la technique pianistique. Il est le premier à donner des **récitals** qui se terminent souvent par des pièces à la limite de l'acrobatie technique. On apprécie également ses nombreuses transcriptions d'airs célèbres ou de symphonies dans lesquelles il parvient à retrouver sur le piano la richesse, l'ampleur de l'orchestre. Il invente des procédés pour augmenter la sonorité de l'instrument. Devenu une idole à la fin de sa vie, il fonde dans son pays natal une académie de musique qui porte toujours son nom. Il meurt à Bayreuth où il est venu écouter le *Parsifal*, de son gendre, Richard Wagner.

Liszt aborde tous les genres, excepté la musique de chambre. Surtout connu pour des capacités pianistiques phénoménales comme interprète et improvisateur, c'est également un compositeur qui repousse les frontières de l'écriture musicale. À Weimar, où il s'installe, il compose des œuvres symphoniques et religieuses et défend le répertoire de son époque, en faisant découvrir à ses contemporains Wagner, Berlioz ou Schumann.

Hector Berlioz (1803-1869)

Né à la Côte St André, le jeune Hector se nourrit de littérature antique, et de musique, malgré l'opposition de son père, qui le destine à la médecine. Son arrivée à Paris, où il s'inscrit à la fois à l'école de médecine et à l'opéra, change le cours de sa vie. Il y rencontre Harriet Smithson, une jeune actrice anglaise grâce à qui il découvre Shakespeare. Il fréquente l'opéra et les salles de concert, compose la *Symphonie fantastique*, suit l'enseignement de Lesueur et finit par remporter, au bout de trois tentatives, le Prix de Rome, qui le conduit en Italie. Dès son retour en France, Berlioz compose un requiem et monte à l'assaut de l'opéra. Son exigence en matière d'exécution musicale le conduira à réfléchir sur un métier encore peu développé, celui de chef d'orchestre. Berlioz s'éteint à Paris en 1869. On l'enterre à Paris, au cimetière de Montmartre.

Berlioz, rénovateur des formes musicales, a innové dans bien des domaines. Il fait preuve d'une inventivité étonnante dans sa façon d'orchestrer. On peut parler à son sujet d'une première spatialisation de l'orchestre, lorsqu'il dispose par exemple quatre pupitres de cuivre autour du noyau orchestral, dialoguant entre eux, comme dans la *Grande Messe des morts* de 1837; ou encore quand il ajoute un chœur dramatique à une partition symphonique comme dans *Roméo et Juliette*, ou fait de l'alto, instrument mal aimé, le soliste de *Harold en Italie*. Si ses contemporains ne l'apprécient guère, les musiciens célèbrent son génie. Mais s'il est une personnalité que Berlioz ne comprendra pas, c'est Richard Wagner.

Richard Wagner (1813-1883)

Né à Leipzig, le jeune Wagner est très vite tiraillé entre son goût pour le théâtre et son penchant pour la musique, appréciée grâce à Beethoven. Ses débuts comme chef d'orchestre sont difficiles et il part à Paris, alors capitale artistique, où il est déçu par l'accueil qu'il reçoit. On raconte que c'est lors de ce voyage qu'un orage en mer, au large des côtes norvégiennes, lui inspire le thème de son premier opéra, *Le vaisseau fantôme*.

Ses sources d'inspiration restent les grandes épopées nordiques, les mythes ou les légendes populaires. Les représentations parisiennes de son *Tannhäuser* sont un échec. Wagner est aux abois, financièrement, artistiquement! C'est alors qu'il rencontre un soutien inespéré en la personne de Louis II de Bavière et un deuxième grand amour en la personne de Cosima von Bulow, fille de Liszt. Soutenu par Louis II, Wagner produit nombre de ses œuvres magistrales et réussit à construire son opéra à Bayreuth. Il l'inaugure en 1876 avec la *Tétralogie*: *L'anneau du Nibelung*. Wagner rencontre alors le jeune Nietzsche, avec lequel il se découvre de grandes affinités, relation qui s'interrompra avec les dernières œuvres de Wagner, dont Nietzsche condamne la philosophie teintée de mysticisme. Atteint d'une angine de poitrine, Wagner meurt à Venise le 13 février 1883.

Richard Wagner bouleverse l'écriture musicale, à travers ses opéras. À ses yeux, le drame lyrique n'est pas un simple divertissement, mais doit être le lieu de rencontre de tous les arts, conduisant ainsi à une pensée du monde. Artiste complet, Wagner écrit les livrets, compose la musique, dirige l'orchestre et les chanteurs et met en scène les grandes fresques musicales qu'il fait jouer à Bayreuth. Reprenant et modifiant l'*idée fixe* « berliozienne », Wagner invente le **leitmotiv**, un motif musical qui revient de façon régulière tout au long de l'œuvre ; il crée ainsi une sorte d'unité cyclique. Wagner utilise aussi les nouveautés instrumentales de son siècle et ses opéras résonnent des souffles puissants des tubas, des saxophones et des cors. L'œuvre de Wagner dépasse pourtant la musique, elle veut toucher au poétique, au religieux et au philosophique : elle y arrive par certains aspects, même si elle a fait le lit du pangermanisme et, plus tard, de l'idéologie nazie. Indépendamment de l'histoire, l'écriture de *Tristan et Isolde*, du *Ring* ou de *Parsifal* est pleine de couleurs, d'audaces et de coups de tonnerre, et révèle une sensualité, un art de l'épopée lyrique jusque-là inconnus.

Felix Mendelssohn-Bartholdy (1809-1847)

Enfant prodige, il étudie la composition, le piano, l'alto et écrit ses premières œuvres vers onze ans. À quinze ans, il signe le magnifique *Songe d'une nuit d'été* ! Doué pour tout, il choisit pourtant la musique. Il voyage dans toute l'Europe et s'inspire des impressions éprouvées lors de ces voyages pour composer quelques-unes de ses œuvres. Après des débuts difficiles, ses œuvres romantiques connaissent un certain succès, malgré les critiques de Wagner, qui tient déjà des théories douteuses sur le judaïsme. Il fonde à Leipzig, la ville de Bach, un conservatoire de musique ouvert aux étudiants défavorisés, qui devient un centre musical très important. À la fin de sa vie, il se partage entre Londres, Leipzig et Berlin, mais c'est à Leipzig qu'il meurt, deux mois après la disparition de sa sœur adorée, son double musical, Fanny Mendelssohn.

Très éclectique, Mendelssohn produit des œuvres d'un grand raffinement aussi bien que des œuvres monumentales : la délicate *Romance sans parole*, une œuvre pour piano, est du même auteur que les oratorios *Paulus* et *Elias*, ou encore les cinq symphonies. Mais c'est pour la musique de chambre, qu'il considère comme essentielle, que Mendelssohn écrit parmi ses plus belles pièces.

Il a composé cinq symphonies, des concertos, deux oratorios, quatre sonates pour piano, de la musique d'église, de la musique de chambre, des duos, des lieder et des chœurs a cappella.

Robert Schumann (1810-1856)

Tout en étudiant le piano, qu'il n'aborde qu'à la fin de l'adolescence, Schumann se nourrit de littérature, surtout des poètes, Jean Paul, Hoffmann et Novalis. Une paralysie d'un doigt interrompt sa carrière d'interprète : il sera donc compositeur et traduira, en musique, toute cette poésie qui le nourrit depuis l'enfance et occupe son imagination. Il épouse la fille de l'un de ses professeurs, Clara Wieck, qu'il aime depuis toujours et qui devient sa meilleure interprète, ainsi que son inspiratrice, son critique musical et la mère de ses enfants. Robert Schumann compose pour le piano, pour l'orchestre, pour la voix. Il met en musique des poèmes et compose aussi des cycles de lieder. Après une tentative de suicide, il est interné et meurt en 1856. Ce destin tragique inscrit le compositeur au cœur du romantisme.

Son œuvre est la traduction musicale de son imaginaire, nourri de poésie ; par son art de l'harmonie, du rythme, Schumann crée une sensibilité nouvelle.

Schumann a beaucoup composé pour le piano, qu'il connaissait bien et dont Clara avait une remarquable maîtrise. Certaines de ses pièces, comme les *Scènes d'enfants*, *Carnaval*, les *Davidsbündlertänze* respirent une liberté de forme et d'esprit, d'autres comme les *Kreisleriana* semblent imprégnées d'une indicible mélancolie. Il compose également plus de deux cents lieder, accompagnés par un piano qui installe un véritable dialogue avec la partie chantée, des quatuors à cordes, trois symphonies, des concerti.

Johannes Brahms (1833-1897)

Brahms est l'un des grands sympho-
nistes allemands du XIXe siècle, mais il a
abordé presque tous les domaines de
l'écriture musicale : piano, musique de
chambre et voix.

Brahms révèle assez jeune des talents
pour la musique et le piano. Pour vivre,
il travaille dans des orchestres populaires, dans des cafés, en accompagnant
des spectacles de marionnettes. Il se
découvre une passion dévorante pour la littérature. Une tournée de
concerts avec un jeune violoniste marque le tournant de sa carrière ;
il rencontre Franz Liszt, puis surtout Robert Schumann et sa
femme Clara qui vont très vite reconnaître le génie de ce jeune
homme et le faire savoir. Malgré l'écriture d'œuvres remarquables,
Brahms devra attendre la fin des années 1860 pour jouir d'une
renommée qui lui permet de vivre confortablement et de consacrer
son existence à la composition et l'interprétation. Il s'éteint dans la
force de l'âge à Vienne en 1897.

Ses nombreuses pièces pour piano atteignent une qualité symphonique. D'une façon différente de Liszt, moins ostentatoire, il
fera de cet instrument un orchestre à lui tout seul, donnant à la
musique pour piano une densité, une palette de couleurs, qui puisent parfois dans le folklore et les antiques légendes. S'appuyant sur
les leçons du passé, Brahms construit pourtant une œuvre
moderne, dont les audaces rythmiques, la liberté dans la forme,
l'ampleur de la mélodie consacrent son image de novateur.

V

Le tournant du siècle

Les valeurs héritées du classicisme, qui ont encore cours à la fin du XIXe siècle, même si elles ont considérablement évolué, fonctionnent encore comme référence : tonalité, formes et instrumentations du tournant du siècle s'inscrivent bien dans l'héritage des maîtres du passé.

La musique a déjà beaucoup changé : elle s'est démocratisée et, de privée, elle est devenue publique. Le nombre de concerts a explosé et dans toutes les grandes capitales européennes mais aussi étrangères existent des lieux conçus pour accueillir toutes sortes de formations. Toutes les grandes formes musicales sont arrivées au terme de leur éclosion : symphonie, musique de chambre, musique vocale, opéra, chacun de ces genres possède déjà un répertoire conséquent, riche et varié. Mais, surtout, la musique n'est plus un prétexte, elle est devenue une forme d'art en soi, qui, tout en exprimant une pensée devenue personnelle, celle de l'artiste, n'est plus soumise qu'à ses propres codes. Comme une matière, la musique peut être transformée dans ses fondements mêmes.

1) Une grande diversité

Certains musiciens, tout comme les peintres de cette époque, découvrent les merveilles des civilisations extra-européennes et s'inspirent parfois de systèmes très différents : musiques chinoise, grecque, balinaise. D'autres s'essaient à pousser les formes le plus loin possible : symphonies gigantesques, utilisation d'instruments inouïs, nouveaux rapports entre chœurs, solistes et instruments, comme Gustav Mahler ou Richard Strauss. D'autres encore, comme César Franck et à leur suite Camille Saint-Saëns ou Vincent d'Indy font éclore une « musique à la française », qui développe en particulier tout un répertoire de musique de chambre. Délicatesse, justesse du propos, architecture à peine visible, telles sont les qualités de cet art qui, souvent, se souvient des maîtres du passé :

Rameau, Monteverdi. Quant à Gabriel Fauré, Claude Debussy ou Maurice Ravel, ils inventent un langage neuf, en travaillant notamment sur les sonorités.

Claude Debussy (1862-1918)

Debussy est l'un des compositeurs qui ont le plus marqué le début du XXᵉ siècle en libérant la musique des formes conventionnelles.

Claude Achille Debussy commence le piano, avec une élève de Chopin, elle-même belle-mère de Paul Verlaine, puis étudie la composition. Après le Conservatoire, il remporte le prix de Rome. Engagé comme «musicien à tout faire» par une aristocrate russe, Nadedja von Meck, il accompagne la famille dans ses voyages européens. Il rencontre Wagner dont il deviendra un temps un ardent défenseur. De retour à Paris, ses premiers essais font scandale et il faut attendre 1902 pour qu'il impose sa vision musicale dans le tumulte de la controverse, avec son opéra *Pelléas et Mélisande* sur un livret de Maurice Maeterlinck.

Sensible aux atmosphères impressionnistes, son inspiration est proche des poètes qu'il mettra souvent en musique (Baudelaire, Verlaine, Pierre Louÿs) ou dont il « traduira » l'univers, comme dans le *Prélude à l'après-midi d'un faune*, reflet musical du poème de Mallarmé. Ce langage résolument nouveau, qui exprime «les leçons du vent qui passe et qui raconte l'histoire du monde», abandonne toute idée de narration: des images surgissent, des climats s'installent et les titres même des pièces sonnent déjà comme du Debussy: *La Cathédrale engloutie, Jardins sous la pluie, Cloches à travers les feuilles*... À l'écoute des traditions orientales (il découvre des nouveaux instruments, entend des gammes venues d'Indonésie, à l'Exposition universelle de 1900), renouvelant les époques immémoriales (*Six Épigraphes antiques*), Debussy cherche une continuité entre des espaces qu'on pensait radicalement différents et laisse flotter en suspension des entre-deux troublants: entre majeur et mineur, entre timbre et mélodie, entre musique et silence...

Emporté par un cancer, il s'éteint à Paris en 1918.

L'œuvre de Debussy est multiple (mélodies, opéras, musique de chambre), mais ce sont ses œuvres pour piano et son traitement de l'orchestre qui ont le plus marqué.

Ses œuvres symphoniques les plus connues sont *La mer*, trois esquisses symphoniques à l'univers mouvant, *Nuages*, *Fêtes* et le ballet *Jeux*. Et pour piano, *Études*, *Préludes*, *Images*, *Pour le piano*, *Children's corner*...

« Quand on n'a pas les moyens de se payer des voyages, il faut suppléer par l'imagination », disait-il.

Maurice Ravel (1875-1937)

Maurice Ravel commence le piano à l'âge de six ans, puis il entre au Conservatoire de Paris en 1889, où l'un de ses maîtres est le compositeur Gabriel Fauré. Second prix de Rome, il heurte les institutions très académiques de l'époque. Mais il publie déjà quelques-uns de ses chefs-d'œuvre, *Pavane pour une infante défunte* (1899), *Jeux d'eau* (1901) et son *quatuor* (1903).

Il participe en 1910 à la création de la Société musicale indépendante, qui combat les idées conservatrices de la Société nationale de musique. Après la Première Guerre mondiale, il s'installe à Montfort-l'Amaury où il vit en solitaire. Atteint d'une maladie cérébrale, Ravel ne pourra plus écrire pendant les cinq ans qui précèdent sa disparition, le 28 décembre 1937.

On lie souvent le nom de Ravel à celui de Debussy et les ressemblances sont indéniables, dans le renouveau harmonique et l'essai de nouvelles gammes. Pourtant, là où Debussy s'affranchit des formes traditionnelles, Ravel explore toute une tradition et revendique d'illustres devanciers (*Le tombeau de Couperin*). Il reprend la forme du concerto pour piano, quitte à lui donner un brillant exceptionnel : le *Concerto pour la main gauche*, composé pour Wittgenstein, pianiste célèbre et mutilé de la Grande Guerre ; et le *Concerto en sol*, à l'extraordinaire éclat, dont la première note est le claquement d'un fouet, et que créa, au piano, la grande Marguerite Long, sous la direction du compositeur lui-même ! Sa passion pour le piano l'amène d'ailleurs à renouveler la virtuosité de l'instrument : on a longtemps dit que *Scarbo*, dernier volet de la suite *Gaspard de la nuit*, était la pièce la plus difficile du répertoire.

Ravel a composé dans tous les domaines, excepté la musique religieuse. Dans cette production si riche, on peut noter le *Boléro*, l'œuvre la plus jouée au monde, révélateur à la fois de l'attirance de Ravel pour les traditions espagnoles, de son goût pour les rythmiques dansantes et fortement marquées, et de son brio orchestral. *L'enfant et les sortilèges*, sur un livret de Colette, dans lequel s'expriment tout à la fois sa sensibilité et sa pudeur, mais également ses audaces harmoniques ; *Daphnis et Chloé* écrit pour les ballets de Diaghilev.

Gustav Mahler (1860-1911)

De son vivant, Gustav Mahler s'impose davantage comme chef d'orchestre que comme compositeur. Pourtant son œuvre, en particulier symphonique, annonce les grands bouleversements du xxe siècle, tout en jetant un regard critique sur le passé.

Après l'échec de ses premières compositions, Mahler commence une carrière de chef d'orchestre, qui aboutit à sa nomination à la tête de l'opéra de Vienne. Il entreprend alors un travail très novateur d'éducation du public : il fait baisser les lumières dans la salle, interdit l'entrée aux retardataires, renouvelle les programmes en faisant découvrir Beethoven, Verdi, Bizet. En 1907, sa vie change radicalement : victime d'attaques antisémites, il doit quitter son poste, il perd sa fille aînée et se découvre une maladie cardiaque. Appelé par le directeur du Metropolitan de New York, il partage pendant quatre ans sa vie entre l'Europe et l'Amérique. Enfin, en septembre 1910, sa 8e symphonie obtient un triomphe à Munich ! Malade, Mahler est transporté en urgence de New York à Vienne où il meurt en mai 1911.

Dès ses premières partitions, l'œuvre de Mahler dérange : trop audacieuse et trop composite. On ne comprend pas bien, à son époque, cet art de la citation ou de la référence populaire, ces ruptures de rythme, ces apparitions sonores étranges qui parfois provoquent une distanciation troublante à des moments dramatiques. L'œuvre de Mahler est d'un grand modernisme, sans renoncer à une inspiration romantique. Sa musique, qui regarde à la fois vers l'avenir et vers le passé, qui dit adieu à une époque en créant déjà la suivante, déconcerte ses contemporains. Ses cycles de lieder, les *Chants du compagnon errant*, les *Chants pour les enfants morts*, sont de dimension symphonique et ses dix symphonies posent tous les jalons de ce que sera le langage du siècle qui s'annonce : effets de spatialisation, allongement de certains mouvements, jeux sur le temps, dilution progressive de la tonalité. Souvenons-nous d'une des musiques du film *Mort à Venise* où le temps semble arrêter son cours : elle est signée Gustav Mahler.

2) À l'Est, tout est nouveau

La Révolution française, les conquêtes napoléoniennes ont provoqué dans toute l'Europe des prises de conscience nationales qui vont affecter tout le XIXᵉ siècle et au-delà. Elles vont engendrer la naissance de courants musicaux qui révolutionnent la façon de concevoir la tradition et l'écriture. Même si la plupart des compositeurs d'Europe de l'Est sont fortement influencés par la culture classique allemande ou française, ils expriment une identité nationale propre, nourrie de culture populaire.

Antonin Dvořák (1841-1904)

Le Tchèque Antonin Dvořák, fils d'un aubergiste, échappe au métier de boucher que veut lui faire embrasser son père et réussit à s'inscrire au conservatoire de Prague. Grâce au soutien de Brahms, puis de Hans von Bulow, chef d'orchestre renommé qui joue certaines de ses œuvres, Dvořák connaît rapidement une renommée nationale et internationale. Il est invité à diriger le conservatoire de New York en 1892 !

Fasciné par l'Amérique tout autant qu'attaché à sa patrie, le compositeur invente une musique où se côtoient les rythmes les plus nouveaux et les souvenirs de folklores populaires divers qu'il puise dans sa mémoire. Ainsi compose-t-il aux États-Unis la *Symphonie du nouveau monde* dans laquelle il utilise un negro Spiritual.

Anton Dvořák a écrit neuf symphonies, onze opéras, des oratorios tchèques, des concertos pour divers instruments solistes, onze quatuors à cordes et de nombreuses pages de musique de chambre.

Béla Bartók (1881-1945)

Béla Bartók étudie à la fois le piano et la composition. Influencé d'abord par Strauss, il découvre ensuite Debussy, puis Stravinsky et Schoenberg qui influencent son langage musical. Parallèlement à l'écriture, il entreprend un travail de collectage des musiques populaires, en enregistrant et en transcrivant les musiques traditionnelles de son pays, mais aussi d'Afrique, travail qu'il poursuivra toute sa vie et qui posera les fondements de l'ethnomusicologie moderne.

43

Cette écoute scrupuleuse marque profondément sa musique où se retrouvent, à côté d'atmosphères mystérieuses, un grand intérêt pour les rythmes de danses populaires et une instrumentation envisagée de façon très « percussive » (*Musique pour cordes, percussion et célesta, Sonate pour deux pianos et percussions...*). Bartók accordera, dans sa musique de chambre, une grande place aux cordes, qu'il traitera souvent dans un style qui rappelle les violonistes d'Europe centrale. Il compose la plus grande partie de ses chefs-d'œuvre entre 1920 et 1940, puis la montée du nazisme l'oblige à s'exiler en Amérique du Nord, où il s'éteint, victime de la leucémie, en 1945.

George Enesco (1881-1955)

Né en Roumanie, George Enesco fait ses débuts comme violoniste à sept ans, part au conservatoire de Vienne à neuf ans puis, à partir de 1895, au conservatoire de Paris où il est l'élève de Massenet et de Fauré.

Il connaît rapidement le succès avec ses premières œuvres, dont certaines qu'il exécute lui-même comme pianiste, violoniste et chef d'orchestre. Il devient un interprète renommé, qui défend aussi bien la musique de Jean-Sébastien Bach que celle de ses contemporains. Il enseigne à Paris mais aussi à Bucarest, et aura pour élèves, notamment, les violonistes Yehudi Menuhin et Arthur Grumiaux. Ses œuvres, à l'instar de celles de Bartók ou Kodály, utilisent des thèmes populaires de son pays.

Bohuslav Martinú (1890-1959)

Bohuslav Martinú, né en Bohême, fait des études de violon et devient musicien d'orchestre. Il découvre les partitions de musiciens français, Debussy, Ravel, Dukas, qui le bouleversent, et décide de venir étudier à Paris, avec Albert Roussel. La Seconde Guerre mondiale le chasse et il part s'installer aux États-Unis, où il vit jusqu'en 1953. Puis il revient finir sa vie entre la France et la Suisse. Sa musique est influencée par le folklore et la musique tchèques, ses maîtres français et la musique ancienne. Bohuslav Martinú a composé plus de quatre cents œuvres.

L'école russe

À la différence des autres pays d'Europe centrale, où la tradition musicale écrite débute au XIXe siècle, la Russie a toujours entretenu un rapport étroit avec la culture européenne. Nombre d'artistes italiens, français, viennois connaissent leur heure de gloire dans les salons de la noblesse, où ils enseignent la musique et composent pour des musiciens amateurs. Mais c'est à l'aube du XIXe siècle que commence à émerger une école proprement russe. Comme ses voisines d'Europe centrale, elle puise son inspiration dans son folklore. Mikhaïl Glinka (1804-1857) le premier, puis le groupe des cinq, Balakirev, César Cui, Borodine, Rimski-Korsakov et Moussorgski, utilisent dans leur écriture les rythmes et les mélodies populaires russes, ou encore les chants religieux orthodoxes. Le compositeur russe le plus prolifique est certainement Piotr Ilitch Tchaïkovski (1840-1893) : connu du grand public pour ses ballets, *Roméo et Juliette, Casse-Noisette, la Belle au bois dormant*, ce créateur torturé est en marge de ces mouvements nationalistes ; il écrit des opéras (*La dame de pique*), six symphonies, des concertos dont le concerto pour violon, morceau de bravoure de tous les grands solistes, et de la musique de chambre.

VI

Nos contemporains

À quelle époque faire précisément commencer la période contemporaine ? Le début du XXe siècle nous fournit une division assez pratique, et même si les historiens situent dans la logique du XIXe ce qui se passe jusqu'à la Première Guerre mondiale, il faut bien reconnaître que toute une musique composée avant 1914 est déjà radicalement de notre temps : Debussy, Schoenberg, Stravinsky ont déjà jeté les bases de leur langage. Quant à la Seconde Guerre mondiale avec son cortège d'horreurs, elle détermine une nouvelle pensée du monde. Nombreux sont les compositeurs ou les musiciens qui disparaissent ou qui émigrent ; et le regard de tous est profondément modifié par la découverte des camps de concentration et d'Hiroshima... Ces événements majeurs de l'histoire du XXe siècle ont une influence capitale sur la vision du monde qu'exprime l'art. Ce siècle est donc marqué par de grands bouleversements en matière de langage musical et d'instrumentation.

1) Tonalité et atonalité

Le vocabulaire utilisé depuis l'époque baroque, et qu'utilisent encore de nos jours de nombreuses musiques populaires ou même savantes, est celui de la tonalité. La musique tonale semble plus ou moins procéder d'une note, d'une harmonie, à laquelle elle retourne, comme par aimantation. Entre ce début et cette fin, se déroule tout un parcours qui nous emmène au loin, nous éloigne de l'harmonie de départ, pour nous ramener vers cette volupté de l'accord final. Ce système, qu'on évoquait à propos des débuts du baroque, est bien sûr compliqué : il a évolué pendant trois siècles et il a déjà été remis en question. Les derniers quatuors de Beethoven, le prélude de *Tristan et Isolde* de Wagner, de nombreuses œuvres de Mahler, par exemple, mettent en perspective la polarité tonale. Au début du XXe siècle, un compositeur viennois, Arnold Schoenberg, bouleverse ce système : il décide de donner la même valeur aux douze sons de la gamme tempérée : c'est ce que l'on appelle le dodé-caphonisme (*dodéca* signifie *douze* en grec). À la logique d'une gamme composée de degrés qui ont chacun une fonction particu-lière au sein d'un ensemble hiérarchisé, succède une logique de série uniforme : le compositeur peut choisir une suite de douze sons qu'il utilise en les combinant, en les transformant plus ou moins librement. C'est ce que l'on appelle la musique sérielle. Schoenberg sera suivi dans sa démarche par des compositeurs comme Alban Berg (1885-1935), Anton von Webern (1883-1945) et plus tard Pierre Boulez (né en 1925).

Les compositeurs de la première moitié du XXᵉ siècle s'intéresse-ront beaucoup à cette nouvelle conception de la matière musicale, qui ouvre des univers sonores tout à fait nouveaux. Comme tout sys-tème, ces principes d'écriture ont leurs limites, mais ils ont fait explo-ser les formes traditionnelles de composition.

2) L'influence du jazz

Le genre nouveau qui apparaît au XXᵉ siècle est le jazz, né dans le sud des États-Unis de la rencontre entre les musiques des anciens esclaves noirs et des musiques issues des différents immi-grants européens. Partant de mélodies simples, issues des blues, des chants reli-gieux (les negro spirituals), les musiciens leur donnent un nouveau rythme et improvisent autour de thèmes. On utilise au départ des instruments populaires issus des différents folklores, le banjo, les cuivres des parades, le washboard, une planche à laver que l'on racle, l'harmonica.

L'évolution du jazz suit le mouvement des ouvriers noirs et s'installe dans les villes du Nord, Chicago, New York. Avec le développement du disque, les premières vedettes comme Louis Armstrong connaissent une renommée internationale et le genre se répand en Europe. Les ins-truments se sophistiquent : saxophone, piano, contrebasse. De grands orchestres se forment : Duke Ellington, Fletcher Henderson, Count Basie... c'est l'âge d'or des big bands et du swing, qui connaît un réel succès populaire ; puis vient l'ère du be-bop durant laquelle apparaissent de grands solistes à la virtuosité époustouflante : Charlie Parker, Dizzie Gillespie, Charlie Mingus, Thelonius Monk...

Le jazz, lui aussi, s'éloigne des formes de ses origines et se rapproche d'autres formes, la musique contemporaine, les musiques du monde ou le rock. Le jazz a apporté à la musique du XXᵉ siècle sa grande puissance rythmique, sa capacité à improviser, et il a influencé de nombreux compositeurs : Maurice Ravel ou Igor Stravinsky, par exemple, ont rendu hommage au ragtime.

3) L'irruption de nouveaux instruments : une source de scandales !

Le XXᵉ siècle, dans le prolongement de l'ère industrielle, est une période de grande invention. Si les musiques atonales et sérielles s'inspirent au départ du timbre des instruments et de la voix, la musique concrète, elle, part des bruits et remet en question l'idée même de note. Edgar Varèse (1883-1965) le premier s'intéresse à la frontière entre les sons et les bruits, ce qui l'amène à composer largement pour les percussions – instruments dont l'utilisation se multiplie dans les partitions du XXᵉ siècle –, puis à utiliser la bande magnétique. Aux États-Unis où Varèse émigre en 1915, il découvre la trépidante sonorité de la ville. Dans son œuvre *Amériques*, il introduit des hurlements de sirènes. En 1954, il va plus loin : dans *Déserts*, on entend des bruits d'usines enregistrés sur bandes, mêlés à des percussions et des instruments à vent. C'est un scandale !

À Paris, en 1948, dans les studios de la radio, Pierre Schaeffer et Pierre Henry développent les possibilités sonores qu'offre l'enregistrement : ils captent des bruits de toutes sortes, musiques, cris, grincements, bruits de la nature ou de la vie quotidienne et les transforment à l'aide d'appareils qui traitent les sons. Les bruits, amplifiés, déformés, mis en boucle, sont la matière première de nouvelles partitions musicales, qui sont à l'origine de la *musique électroacoustique*. Ces nouvelles technologies, bandes magnétiques, haut-parleurs et, plus récemment, ordinateurs s'ajoutent aux instruments traditionnels. Ils engendrent de nouveaux gestes chez les compositeurs du monde entier, que ce soit l'Allemand Karlheinz Stockhausen, les Italiens Luigi Nono et Luciano Berio, le Français Pierre Boulez, le Grec Yannis Xenakis.

La découverte des musiques extra-européennes joue un rôle important dans la démarche de certains compositeurs qui travaillent aussi sur d'autres modes d'écriture : Olivier Messiaen, Pierre Jolivet. Le théâtre musical, qui expérimente un nouveau rapport entre la langue et la musique, intéresse des compositeurs comme György Kurtág, György Ligeti, Georges Aperghis et rapproche la musique d'autres formes d'expression artistiques.

4) Les compositeurs

Arnold Schoenberg (1874-1951)

C'est en autodidacte qu'Arnold Schoenberg apprend la composition. Ses premières leçons de contrepoint, il les prend avec son
futur beau-frère, Alexander von Zemlinsly. Son travail revendique
une appartenance à la lignée des compositeurs allemands, Mozart,
Beethoven, Brahms, Wagner, tout en réfléchissant sur la forme et
l'écriture. Ses premières œuvres jouées font scandale, mais il
devient rapidement un pédagogue recherché : les compositeurs
Alban Berg et Antonin Webern seront ses disciples. Dès 1908,
Schoenberg invente une nouvelle grammaire de la musique en
posant les bases de l'atonalité : cette nouvelle forme d'écriture, où
aucune note ne domine, où la mélodie jamais ne s'épanouit, produit
des œuvres magnifiques, qualifiées d'expressionnistes : *Erwartung*,
Le Pierrot lunaire, et des pièces pour piano. Le public réagit violem-
ment à cette musique qui semble grincer, qui gémit et joue avec le
suspens et le temps. En 1933, Schoenberg, qui est juif, est contraint
par le régime nazi à quitter ses fonctions de professeur de musique
à l'Académie des arts de Berlin : il s'exile à Paris puis décide d'émi-
grer aux États-Unis. Après Boston et New York, il accepte un poste
de professeur en Californie et continue à composer. Il meurt à Los
Angeles le 13 juillet 1951, citoyen américain.

L'œuvre d'Arnold Schoenberg n'est pas encore totalement appréciée du grand public. Pourtant, pour tous les compositeurs du
XXe siècle, son influence est majeure, qu'ils l'aient suivi dans sa
recherche sérialiste ou qu'ils s'en soient éloignés. Si elle déconcerte,
la musique de Schoenberg évoque bien cette période tourmentée de
notre histoire : ses quatuors à cordes possèdent une puissance étonnante, jouant sur la tension, la confrontation parfois violente des
sonorités. Comme ce discours parfois discontinu parle aux hommes
modernes que nous sommes !

Olivier Messiaen (1908-1992)

Après ses études de musique à Paris avec Paul Dukas et l'organiste Marcel Dupré, Messiaen devient titulaire de l'orgue de
la Trinité à Paris et enseignant à l'École normale de musique et à la
Schola Cantorum. Très croyant, il produit d'abord des œuvres religieuses, composées pour orgue ou pour orchestre. Il se passionne
également pour l'art de l'Orient. Pendant la Seconde Guerre mondiale, il est fait prisonnier et c'est en captivité qu'il compose son

célèbre *Quatuor pour la fin du temps*. De retour à Paris, Messiaen s'intéresse aux procédés sériels et numériques, qu'il crée au Stalag avec quelques camarades musiciens... dans l'écriture de la musique, une réflexion qu'il prolonge dans son enseignement au conservatoire de Paris ; il influencera durablement toute une génération de compositeurs : Stockhausen, Boulez, Le Roux, Nigg. Cette réflexion, associée à l'intérêt qu'il a toujours porté aux chants d'oiseaux dont il retranscrit fidèlement les dessins mélodiques, ainsi qu'à son goût pour les musiques traditionnelles, est à la base de sa musique, spirituelle dans tous les sens du terme. À écouter : *le Catalogue d'oiseaux* pour piano, *Des canyons aux étoiles,* qui lui vaut de donner son nom à une montagne de l'Utah aux États-Unis, et son *Saint François d'Assise*.

Dmitri Chostakovitch (1906-1975)

Né à Saint-Pétersbourg, Chostakovitch se destine d'abord à une carrière de pianiste et restera toute sa vie un bon instrumentiste. Il commence cependant à composer à l'âge de dix ans et émerveille ses professeurs. Musicien vivant avec son époque, une époque de mutation et d'avant-garde en Russie, il interprète les compositeurs de son temps et dès l'écriture de sa première symphonie, en 1926, séduit les chefs d'orchestre qui défendent sa musique. Rappelé à l'ordre en 1936 par un gouvernement qui n'apprécie pas l'un de ses opéras, Chostakovitch écrit de nombreuses œuvres, partagé entre les commandes du régime et une production plus personnelle, dont la magnifique série de ses quinze quatuors à cordes. À l'opposé de certains artistes, il ne quitte pas l'Union soviétique. Tantôt il s'oppose, tantôt il se plie aux canons de l'art officiel tout en gardant une incroyable liberté musicale intérieure.

La liste de nos contemporains est longue : le siècle fourmille d'idées, de courants qui ne naissent plus seulement en Europe. Aux États-Unis, les Américains Steve Reich ou Philip Glass inventent la musique répétitive, au Japon le compositeur Toru Takemitsu concilie la musique européenne qu'il a apprise à Paris et les traditions de l'Asie…

La musique
sous toutes ses formes

1

L'orchestre

L'orchestre est peut-être la formation la plus emblématique de ce que l'on nomme la musique classique et correspond à une certaine forme d'aboutissement de la musique savante.

Mais le mot, comme c'est souvent le cas dans le vocabulaire musical, correspond à des réalités différentes selon le contexte où il est employé. Ainsi la langue courante fait-elle référence à un orchestre de chambre, un orchestre de variétés, de jazz, de musique typique... n'importe quel ensemble de musiciens qui joue en respectant une certaine organisation. Mais c'est bien sûr l'orchestre symphonique, le « grand orchestre », qui nous intéresse le plus ici.

Avant le XVIII siècle, c'est à l'opéra que l'on rencontre des regroupements importants d'instruments. Mais généralement, cet ensemble n'est pas organisé et dépend de la présence des musiciens disponibles en ville. En France, à la fin du XVII siècle, Lully dispose à la cour de deux grands ensembles : *La Grande Bande*, constitué des vingt-quatre violons du roi, et *La Grande Écurie*, qui compte douze grands hautbois mêlés aux trompettes et aux tambours, sollicités pour les fêtes musicales en plein air. Lully mêle régulièrement ces formations pour accompagner ses opéras, créant ainsi un bouquet de couleurs et de sonorités nouvelles. Ces combinaisons instrumentales seront reprises dans les cours européennes qui imitent les fastes du Roi Soleil.

Toujours à l'époque baroque, le développement fulgurant des instruments à cordes, violons mais aussi violoncelles, l'invention d'autres instruments comme la clarinette, ouvrent des possibilités nouvelles. Les instruments sont plus puissants et plus virtuoses. Et même si la naissance de l'orchestre s'appuie sur le quatuor (violons, altos, violoncelles, contrebasses), les compositeurs, intéressés par les mélanges de timbres, commencent à associer systématiquement des familles d'instruments qui jusque-là possédaient des fonctions diversifiées : cordes dans les salons, vents et percussions en extérieur.

1) La naissance de l'orchestre

C'est au XVIIIe siècle que s'invente l'orchestre tel que nous le connaissons. Princes et rois apprécient d'avoir une formation à demeure, susceptible d'animer les nombreuses fêtes et divertissements. L'orchestre classique compte donc des cordes, un continuo (en général un clavecin) auxquels viennent parfois s'ajouter des flûtes, des hautbois, des bassons, des trompettes et des cors. Les effectifs varient suivant les formations et les compositeurs réorchestrent leurs œuvres en fonction des endroits où elles sont jouées. Mais peu à peu, une nomenclature de base semble devenir la règle, sur le modèle de l'orchestre de Mannheim, fondé par le duc de Saxe. Ce dernier engage un maître de chapelle, le compositeur et violoniste Johann Stamitz, à qui il donne les moyens de faire appel aux meilleurs musiciens. L'excellence des exécutions mais aussi la recherche de couleurs et de style, les subtilités des interprétations font de cette formation un modèle dans toute l'Europe. Peu à peu, l'existence d'orchestres constitués va être indissociable de l'écriture musicale, qui prend justement l'équilibre des différents groupes d'instruments comme objet de recherche. Mais la forme n'est pas coulée dans le bronze : des compositeurs comme Mozart ou Haydn ont des exigences très précises en matière d'effectifs, qui varient selon les pièces.

2) L'orchestre moderne

Cette formation complexe qu'est devenu l'orchestre intéresse tous les compositeurs : Mozart, Haydn, Beethoven, Mendelssohn, Brahms, par exemple, écrivent pour lui des partitions splendides. Mais c'est Hector Berlioz qui va révolutionner l'orchestre. Avec l'écriture de la *Symphonie fantastique*, Berlioz pose les fondements d'un manifeste romantique : il fait imprimer un texte pour permettre au public de comprendre sa musique, il utilise le principe de « l'idée fixe », un thème représentant la femme aimée et qui revient tout au long des cinq mouvements de l'œuvre. Cependant, c'est par son instrumentation que la *Symphonie fantastique* est surtout novatrice : hautbois jouant dans les coulisses pour donner un effet de lointain, techniques instrumentales nouvelles, multiplication de certains instruments comme la harpe. L'effet est éblouissant et salué par le public qui pour une fois ne s'y trompe pas ! Berlioz s'intéresse à l'orchestration jusqu'à écrire, en 1844, un *Traité d'orchestration et d'instrumentation*, référence toujours valable pour les chefs d'orchestre aujourd'hui. Il ose des associations d'instruments inouïes, exige parfois des formations démesurées, manipule le matériau orchestral comme une pâte : l'orchestre moderne devient l'instrument souple qu'on connaît aujourd'hui, à géométrie variable en fonction des partitions qu'il interprète, qui s'enrichit éventuellement de nouveaux venus : guitare électrique, instruments de musique traditionnelle ou même bande magnétique.

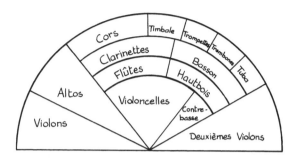

3) La composition de l'orchestre moderne

Traditionnellement, l'orchestre classique compte de soixante à cent vingt musiciens. Dans l'orchestre moderne courant, on compte les bois par trois (hautbois, bassons, clarinettes), quatre cors, trompettes et trombones par trois, une trentaine de violons se répartissant entre premiers et seconds violons, douze altos, dix violoncelles, huit contrebasses, une harpe et un pupitre assez fourni de percussions : timbales, caisses, gongs et percussions à claviers. Les cordes sont placées autour du chef d'orchestre, le plus souvent violons à gauche, altos et violoncelles à droite. Viennent ensuite les bois et les cuivres, des plus doux (plus proches) aux plus puissants (plus lointains). Les percussions sont au fond, le timbalier, base rythmique de l'orchestre, face au chef. De nombreux compositeurs imaginent pourtant d'autres dispositions pour cet instrument monstrueux qu'est l'orchestre, le spatialisant, le fragmentant, en changeant la disposition et donc l'équilibre des pupitres.

4) La partition d'orchestre

Une partition d'orchestre se lit à la fois horizontalement et verticalement.

Chaque **pupitre** d'instruments est représenté par une portée sur laquelle est écrite sa partie. Seul le chef d'orchestre a sous les yeux, au moment des répétitions et du concert, la partition globale. Les instrumentistes, eux, ne travaillent qu'avec leur partie.

Chaque œuvre symphonique est donc publiée sous forme de matériel : la partition générale, ainsi que toutes les partitions par pupitres. Il existe, pour les œuvres anciennes, plusieurs éditions, qui ne sont pas toujours identiques selon qu'elles ont été imprimées à partir du manuscrit authentique de la main du compositeur, qui a pu également superviser la publication, ou qu'elles sont issues de copies.

5) Le chef d'orchestre

Le travail du chef d'orchestre consiste à mettre ensemble toutes les parties séparées d'une partition pour que l'œuvre soit cohérente, à régler les *tempi*, les entrées d'instruments, à travailler les nuances. C'est à lui qu'appartient également d'inventer une interprétation, de transmettre une certaine vision de l'œuvre, tout en respectant les volontés du compositeur.

Une grande culture musicale, une oreille infaillible, un sens de l'écoute globale, un charisme fédérateur... et du tempérament, telles sont les qualités essentielles du chef d'orchestre !

Dans les premiers orchestres, il n'y avait pas à proprement parler de chef d'orchestre : c'était le premier violon ou le claveciniste qui donnait les départs et réglait plus ou moins l'ensemble. Plus l'orchestre s'est agrandi, plus l'écriture orchestrale s'est complexifiée, plus est apparue la nécessité d'une direction. Aujourd'hui, les chefs d'orchestre sont parfois des stars. La qualité d'un orchestre est d'ailleurs souvent liée à la personnalité de son ou de ses chefs d'orchestre. Il existe à présent, dans les grands conservatoires, une formation destinée aux musiciens qui souhaitent apprendre le métier : classes d'harmonie, de composition, d'analyse, d'histoire de la musique sont généralement associées à la pratique d'un ou de plusieurs instruments. Mais les places sont chères, comme sont rares les possibilités de diriger un orchestre pour se former. Les apprentis chefs d'orchestre aspirent donc à devenir les assistants des grands chefs, pour apprendre leur métier sur le tas tout en espérant, un jour, se voir confier des concerts.

6) Le musicien d'orchestre

Les jeunes musiciens qui obtiennent leur diplôme d'instruments, qui ont passé leur « prix » de conservatoire, ont le choix entre la pratique soliste (s'ils sont vraiment exceptionnels), la pratique de musiciens de chambre, celle de musiciens d'orchestre ou d'enseignants. Certains instruments laissent moins de choix que d'autres car peu de musique leur est destinée (le cor, le tuba, les percussions, la harpe par exemple, même si la musique contemporaine leur fait une place plus importante). S'ils veulent travailler, les musiciens doivent donc nécessairement jouer en orchestre.

Être musicien d'orchestre est un métier à part entière, qui exige des qualités très spécifiques : un haut niveau instrumental, une solide pratique de lecteur et une capacité à vivre en groupe. Ce qui motive souvent les jeunes, c'est la grande diversité du répertoire pour orchestre, qui couvre quatre siècles de musique, la possibilité de voyager, de partir en tournées, la rencontre avec des chefs différents et le plaisir de jouer ensemble qui est fondamentalement la source du plaisir musical. Lorsqu'un poste est à pourvoir, les orchestres lancent des concours. Certains orchestres fonctionnent de façon collégiale et choisissent leurs nouveaux collègues collectivement. Le plus souvent, le directeur musical, le chef permanent et le premier instrumentiste du pupitre prennent la décision. Pendant longtemps, les orchestres ont été essentiellement masculins mais ils se féminisent de plus en plus vite.

7) Les grands orchestres

Certains orchestres sont devenus historiques, comme les orchestres philharmoniques de Berlin et de Vienne, l'Orchestre national de France, le Philharmonique de New York, de Boston, de Chicago, le Concertgebouw d'Amsterdam, le London Symphony Orchestra… L'Orchestre philharmonique de Berlin, le plus prestigieux de tous peut-être, date de 1868. C'était à l'origine un orchestre privé dont les membres décidèrent de leur autonomie en 1882 : ils s'administrèrent de façon démocratique, choisissant leurs programmes et leurs chefs, et atteignirent vite l'excellence qu'on leur connaît actuellement. La réputation de ces grands orchestres est due à la qualité et à la spécificité de leur son, à leur histoire liée aux grandes créations ou à la défense d'un répertoire, ainsi qu'à la notoriété des chefs qui acceptent de les diriger. Ils suscitent également des œuvres de compositeurs d'aujourd'hui. On parlait autrefois d'un son viennois, d'un son allemand ou français pour les orchestres. Ces spécificités tendent un peu à disparaître car les musiciens s'exportent et le disque uniformise la pratique et la demande. Mais on parle toujours du son des vents français ou du brillant des cordes allemandes.

8) Galerie de portraits

Arturo Toscanini (1867-1957)

Toscanini entre à l'école royale de musique à huit ans et étudie le violoncelle et la composition. Il se fait très vite remarquer par son étonnante mémoire visuelle qui lui permet par exemple de diriger au pied levé, et de mémoire, la partition d'*Aïda* de Verdi. Après quelques années passées à la tête de nombreuses maisons d'opéra en Italie, il prend la tête du théâtre de la Scala à Milan, alors qu'il est âgé seulement de trente-trois ans.

C'est là qu'il va mettre en œuvre sa conception de l'interprétation musicale, une conception révolutionnaire pour l'époque : respect absolu des partitions, attention accordée à tous les éléments qui composent un opéra (du choix des solistes aux détails des costumes…), exigence de chacun des musiciens de l'orchestre.

Toscanini se fait l'avocat de la musique de son époque : tout en dirigeant Verdi (qu'il a rencontré), Puccini, Mascagni, il produit pour la première fois en Italie Wagner, Strauss, Tchaïkovski ou Debussy, ouvrant ainsi le public italien à un répertoire international.

Le nom de Toscanini est également lié à ses prises de position politiques. En 1931, il refuse de jouer l'hymne du parti fasciste en ouverture d'un concert et dès 1933, il refuse de diriger au prestigieux festival de Bayreuth.

Le 4 avril 1954, il dirige son dernier concert et s'éteint à New York le 16 janvier 1957.

Toscanini a été toute sa vie un ardent défenseur du grand répertoire, qu'il a ouvert à des compositeurs peu joués. Ses très nombreux enregistrements témoignent de l'exigence qu'il a apportée à l'exécution des œuvres.

Herbert von Karajan (1908-1989)

Né à Salzbourg, Herbert von Karajan grandit dans un milieu tourné vers la musique. Il commence à apprendre le piano à l'âge de quatre ans et c'est tout naturellement qu'il suit les cours de la célèbre école de sa ville, le Mozarteum. En 1929, il dirige son premier concert à Salzbourg. Très vite, il participe au festival de Salzbourg puis dirige l'Orchestre philharmonique de Vienne et l'Orchestre philharmonique de Berlin, dont il devient directeur musical à vie en 1956.

Il occupe des responsabilités artistiques importantes : il est à la fois directeur artistique de l'opéra de Vienne (de 1957 à 1964), du festival de Salzbourg (de 1956 à 1960) et il tient régulièrement la baguette à la Scala de Milan. Mais c'est son association de longue durée avec l'Orchestre philharmonique de Berlin qui consacre Karajan sur la scène internationale, principalement grâce aux très fréquentes tournées à travers le monde. À partir de 1955, l'orchestre va régulièrement aux États-Unis, fait onze visites au Japon et donne ses premiers concerts en Chine à partir de 1978. En outre, grâce à la télévision allemande, l'Orchestre philharmonique de Berlin touche un public beaucoup plus vaste.

Karajan s'intéresse tout au long de sa carrière à l'audiovisuel et aux nouvelles technologies du son. Dès 1965, il devient producteur de films de concerts et d'opéras. Il réalise également, en janvier 1980, le premier enregistrement numérique de *La flûte enchantée* de Mozart et, en 1981, il participe au lancement des premiers CD numériques. Génial chef d'orchestre au charisme inégalé, découvreur de talents, référence parfois contestée du répertoire symphonique, Karajan est également un homme d'affaires avisé qui comprend l'évolution du marché de la musique. Il meurt à Salzbourg le 16 juillet 1989.

Leonard Bernstein (1918-1990), chef d'orchestre et compositeur

Léonard Bernstein a été de son vivant le symbole de cette Amérique énergique, créative, capable de faire du grand répertoire une culture populaire de qualité. Que ce soit grâce à sa comédie musicale *West Side Story* ou grâce à ses émissions télévisées ou encore à ses engagements politiques sur les grandes questions du XXe siècle, il a touché un large public et imposé une vision assez personnelle de l'interprétation.

Sa vocation passe d'abord par le piano, dont il joue selon une méthode qu'il s'invente. Cette vocation se révèle vraiment le jour où Bernstein, à l'âge de treize ans, assiste à un récital du compositeur et pianiste Sergueï Rachmaninov. Pour suivre les cours du conservatoire, il joue dans des clubs de jazz, les noces et les banquets.

Lorsque le chef Serge Koussevitzky ouvre la célèbre académie de l'Orchestre philharmonique de Boston, Tanglewood, Bernstein y entre comme l'un des premiers étudiants. Il est fidèle toute sa vie non seulement à son mentor, dont il devient l'assistant, mais aussi à cette institution où il donne, avec d'autres grands chefs comme Seiji Ozawa, Lorin Maazel, Zubin Metha ou Kurt Masur, des cours de direction d'orchestre.

Son jour de gloire date de 1943 : il remplace au dernier moment le chef Bruno Walter à la tête du prestigieux Orchestre philharmonique de New York, à l'occasion d'un concert radiodiffusé ! Des millions d'auditeurs, ainsi que les musiciens de l'orchestre, apprécient sa justesse et son audace. Là commence vraiment une carrière internationale où, comme chef d'orchestre et compositeur, il fait le tour du monde.

II

La musique de chambre

À l'époque de la Renaissance, la *camera* désignait l'appartement royal ou, en tout cas, celui du seigneur. Les princes étaient friands de ces divertissements musicaux qui accompagnaient à demeure certains moments de la journée. Des musiciens spécialisés, les « musiciens de la chambre », jouaient pour les concerts, les bals et les ballets. De là vient cette expression qui désigne une petite formation musicale – par opposition au grand orchestre –, susceptible de jouer dans une pièce. On appelle aujourd'hui musique de chambre celle que joue un groupe qui n'excède pas dix musiciens et qui en comporte au moins deux... Le nombre d'exécutants détermine l'appellation de l'ensemble : duo, trio, quatuor, quintette, ainsi de suite jusqu'au dixtuor, mot rare, il faut bien en convenir... Dans ce type de formation, chaque instrument a un rôle de soliste.

1) Un peu d'histoire

Jouer ensemble, c'est un peu le principe de la musique en général, mais la musique dite « de chambre » possède des règles qui se sont installées au cours de l'histoire.

Il existe des modes pour les instruments. Ainsi, à partir de la Renaissance, le violon, le hautbois ou la flûte traversière deviennent furieusement à la mode... Les virtuoses eux-mêmes, non contents d'interpréter le texte des œuvres écrites pour eux, se mettent à rivaliser d'adresse dans l'interprétation des ornementations. Ces trilles, ces attaques particulières, ces façons de tournoyer autour de la note avant de l'atteindre ne sont pas précisément écrits sur la partition : ils sont laissés au goût, à l'audace, à la capacité des instrumentistes, qui brodent un peu à la manière de ce que feront les musiciens de jazz classique trois siècles plus tard. Ce brio trouve bien davantage sa place dans les formations peu nombreuses de la musique de chambre. Vers la fin du XVIIe siècle, les concerts privés se multiplient. Comme on le voit dans le film *Tous les matins du monde*, les artistes se taillent une réputation qui leur permet d'être invités aux levers et soupers du roi, ou d'organiser eux-mêmes des concerts.

À l'époque classique, les amateurs se transforment en musiciens, dans leurs salons et en famille. Les genres s'installent : le trio et le quatuor, mais aussi des sextuors et des octuors souvent écrits pour des instruments à vent. L'apothéose de la musique de chambre coïncide avec la période romantique, le XIXe siècle qui lui écrit ses plus belles pièces, en particulier en Allemagne. La musique de chambre devient officielle, elle a ses soirées où le public peut admirer la virtuosité des interprètes. Les compositeurs Camille Saint-Saëns, César Franck et Gabriel Fauré en seront les promoteurs en France, au tournant du XXe siècle.

2) De la sonate en trio au quatuor

La sonate en trio se développe au XVIIe siècle. C'est une suite de danses pour un ou deux instruments mélodiques, soutenus par un accompagnement d'accords (clavecin ou luth) et de basse (viole ou basson). Un Italien, le violoniste Arcangelo Corelli (1653-1713), que l'on considère comme l'inventeur du genre, en écrira quatre volumes imposants qui deviendront des modèles pour les compositeurs à venir. On voit donc que la sonate en trio est souvent, paradoxalement, une pièce pour quatre instruments.

3) Le quatuor à cordes

« La forme la plus pure de la musique instrumentale, la forme initiale… », disait de cette formation le compositeur Gabriel Fauré.

Le quatuor à cordes est constitué de l'alto, du violoncelle et de deux violons (premier et deuxième), jouant chacun une partie séparée. Il se déploie ainsi du plus grave au plus aigu, sur presque tout le registre que permettent les cordes, si l'on excepte la contrebasse.

À ses débuts, l'histoire du quatuor à cordes s'écrit surtout autour de Vienne, d'abord avec Haydn et Mozart, puis Beethoven qui le conduira jusqu'à une forme extrême. Beaucoup de compositeurs romantiques considèrent ce genre comme trop abstrait. Il faut dire aussi que le tour de force beethovénien en impressionne plus d'un. Mais même si cette forme fait un peu peur, elle inspire à Schubert, Schumann, Mendelssohn et Brahms des pages d'une grande puissance. Puis, le quatuor suscite, vers la fin du XIXe siècle, un regain d'intérêt et plus seulement dans la capitale autrichienne : en France, en Tchécoslovaquie avec Dvořák et Smetana, en Russie et en Allemagne. C'est une écriture qui questionne aussi les compositeurs du XXe siècle, à la recherche d'un nouveau langage, aux États-Unis où beaucoup ont émigré, en Scandinavie et dans les pays slaves avec Bartók et Janáček. Ce genre s'est donc trouvé au cœur de l'histoire musicale et il a joué un rôle très important dans la recherche de style des grands compositeurs. Si, à la première écoute, le quatuor peut sembler un peu austère, le dialogue ou l'opposition qui s'installe entre les quatre instruments, le délicat maniement de sonorités à la fois proches et complémentaires, l'architecture complexe qu'il requiert pour être lisible font de cette musique un fascinant exercice et une expression très intime de l'artiste.

4) Quelques grands solistes

Jean-Pierre Rampal (1922-2000), flûtiste

Jean-Pierre Rampal a contribué à attirer l'attention du public et des plus grands musiciens de son époque sur un instrument à la réputation légèrement ternie. Pourtant, au XVIIIe siècle, la flûte était considérée comme l'un des instruments virtuoses.

Jean-Pierre Rampal commence des études de médecine, mais le goût de la musique le saisit. Au moment de la Seconde Guerre mondiale, au lieu de répondre à l'appel du STO en Allemagne, Rampal s'enfuit à Paris où il s'inscrit au Conservatoire. Cinq mois plus tard, il obtient son prix.

Très vite, en effet, il se passionne pour le répertoire de la musique baroque, tombé en désuétude : il fouille les archives de la Bibliothèque nationale et exhume des partitions oubliées. Il en a enregistré quasiment tous les chefs-d'œuvre pour flûte (concerto et sonates de Bach, Vivaldi, Haydn et Mozart, quatuors de Telemann). Il s'est aussi intéressé à des genres différents : la musique traditionnelle avec le répertoire de la flûte japonaise ou indienne, le ragtime, le jazz avec l'un de ses enregistrements les plus célèbres, la *Suite* de Claude Bolling.

Si l'instrument se prête particulièrement à la musique baroque, pour laquelle le répertoire est très vaste et très beau, Jean-Pierre Rampal s'est tourné vers toutes les époques de la musique classique. Son jeu a également inspiré nombre de compositeurs d'aujourd'hui, qui lui ont dédié certaines de leurs œuvres : André Jolivet, Jean Françaix, Francis Poulenc et Pierre Boulez.

Jean-Pierre Rampal est mort le 20 mai 2000 à l'âge de soixante-dix-huit ans.

Maurice André (né en 1933), trompettiste

Tout en descendant travailler à la mine, le jeune Maurice André pratique la trompette dès l'âge de quatorze ans. Ses dons sont remarqués et il échappe définitivement au métier de mineur lorsqu'il est admis au conservatoire de Paris.

Un an seulement d'étude et il remporte le 1er prix, en cornet d'abord puis, l'année suivante, en trompette. C'est ainsi qu'il commence rapidement à gagner sa vie, d'abord dans des orchestres tels que l'orchestre Lamoureux, ceux de l'ORTF et de l'Opéra-Comique.

C'est à la suite de deux victoires, dans les deux plus prestigieux concours internationaux, que sa carrière de soliste débute. Il enseigne pendant une dizaine d'années au Conservatoire, introduit de nouvelles pratiques et forme la nouvelle génération des trompettistes. À part les *concerti* pour trompette et orgue, et quelques brillantes parties d'orchestre, le répertoire de la trompette soliste est celui de la transcription. Maurice André a enrichi ce répertoire de transcriptions d'opéras, de chansons et d'œuvres de musique contemporaine dont il a été le dédicataire.

Mstislav Rostropovitch (né en 1927), violoncelliste

C'est l'un des interprètes les plus réputés de notre temps : il a joué avec et dirigé les orchestres les plus prestigieux de la planète. Il a été le **dédicataire** des plus grandes compositions pour violoncelle de son époque. Il a représenté pour beaucoup le symbole de la défense des droits de l'homme dans son pays mais aussi dans le monde.

Né en Azerbaïdjan, à Bakou, en 1927, issu de deux générations de violoncellistes (son père a étudié avec Pablo Casals), il commence le piano à l'âge de quatre ans à la maison. Il remporte des concours prestigieux, obtient, à vingt-trois ans, le prix Staline, la plus haute distinction à l'époque en URSS. Il se produit intensément comme soliste dans son pays, tout en enseignant par ailleurs au conservatoire de Saint-Pétersbourg. Il épouse une soprano célèbre, Galina Vishnevskaïa, et, grâce à elle, s'intéresse beaucoup à l'opéra, qu'il dirige parfois.

À la suite de sa prise de position en faveur du dissident Alexandre Soljenitsyne, il quitte l'URSS en 1974. Il n'y retournera qu'en 1990. Il a dirigé les plus grands orchestres à l'Ouest, il a inspiré et commandé de nombreuses œuvres à des compositeurs contemporains : Prokofiev, Boulez, Berio, Messiaen, Bernstein, Dutilleux...

Yehudi Menuhin (1916-1999), violoniste et chef d'orchestre

Fils d'émigrés venus de Russie puis de Palestine, Yehudi est né à New York. L'enfant qui prend ses premières leçons de violon à l'âge de cinq ans montre rapidement des talents exceptionnels : pour preuve, sa première apparition publique à sept ans dans le concerto d'Edouard Lalo à San Francisco.

Un départ de la famille pour Paris permet au jeune Menuhin de rencontrer le compositeur roumain George Enesco qui y réside et qui va désormais s'occuper du jeune prodige. Cette rencontre transforme la chrysalide en papillon : l'enfant extraordinairement doué techniquement devient un musicien à part entière, avec une vision de la musique et un style. Comme on peut le voir sur la pochette de certains disques encore disponibles, c'est un enfant de douze ans qui enregistre son premier disque puis qui s'attaque aux trois grands maîtres de la musique, les 3B : Bach, Beethoven et Brahms. Sa notoriété s'étend à travers le monde, au point qu'en 1935 il donne cent dix concerts dans soixante-trois villes de la planète.

Menuhin s'engage pour différentes causes. Il aide à la sortie de Rostropovitch d'URSS et du pianiste Miguel Angel Estrella d'Uruguay, il préside le conseil international de la musique de l'UNESCO et, surtout, il fonde une école de musique, la Yehudi Menuhin School of Music, qui permet à de jeunes artistes de talent de recevoir une éducation complète.

En 1952, l'invitation de Nehru lui fait découvrir l'Inde, sa philosophie et sa culture, qui influenceront profondément sa vision du monde. Plusieurs enregistrements avec des musiciens indiens témoignent de son ouverture aux différentes cultures. Puis, en 1958, nommé à la tête du Bath Festival Orchestra, il ajoute une corde à son arc en embrassant la carrière de chef d'orchestre.

De nombreux compositeurs écrivent pour lui, souvent à sa demande, et lui-même exhume des partitions tombées dans l'oubli. Il s'éteint en Angleterre en 1999.

Jordi Savall (né en 1941), gambiste

C'est le film *Tous les matins du monde* qui a fait connaître Jordi Savall au grand public, tout autant que son instrument, la viole de gambe.

Jordi Savall étudie le violoncelle tout en s'intéressant très vite à la musique ancienne. Dans les années soixante, un peu partout en Europe, des musiciens redécouvrent des partitions. Ils cherchent une authenticité dans l'utilisation des instruments pour jouer les œuvres médiévales, renaissantes et baroques et réfléchissent à la façon d'interpréter cette musique. Jordi Savall et son épouse Montserrat Figueras font partie de ces pionniers.

C'est à Bâle, à la *Schola Cantorum*, où ils retrouvent d'autres artistes partageant leurs préoccupations, qu'ils fondent l'Ensemble

Hesperion XX. Celui-ci réunit des interprètes venus de différents pays mais tous animés de l'esprit d'aventure qui entoure le renouveau d'une certaine forme de musique.

Vingt ans après, Jordi Savall et Montserrat Figueras retournent en Espagne où ils créent deux autres ensembles, la Capilla real de Cataluña et le Concert des Nations.

La discographie de Jordi Savall est impressionnante, qu'il se produise seul ou avec différentes formations. Il fait revivre un patrimoine très riche, celui de cette Espagne judéo-chrétienne, où les Maures avaient aussi leur place et qui a produit une musique tout à fait originale.

III

La voix

La voix est l'instrument naturel par excellence, ce qui explique son importance dans toutes les périodes de l'histoire de la musique. C'est avec le chant des moines du Moyen Âge que débute l'installation des fondements de la musique savante, celle que l'on appelle classique. Des chants monodiques aux plus belles pages de la **polyphonie**, le chant est un fil solide qui nous guide dans la quête des hommes pour exprimer ce que les mots ne suffisent pas à dire. Mais la voix a aussi l'immense intérêt d'associer un texte à la musique et sert souvent de lien entre différentes formes d'expression artistique. Elle peut porter un espoir révolutionnaire, déclarer une flamme ou exprimer la foi la plus pure. De nature humaine, elle est le véhicule idéal pour exprimer et pour susciter des émotions. Mais savoir utiliser cet instrument naturel nécessite des techniques vocales appropriées.

1) Un peu d'anatomie

L'instrument de musique du chanteur est son corps tout entier. Mais le son vocal est produit dans le larynx : les deux cordes vocales sont mises en mouvement par une circulation d'air qui les fait vibrer. Le travail du chanteur consiste à faire résonner ce son, à l'émettre en le contrôlant. Pour ce faire, tout un réseau de muscles du cou mais aussi du sternum, de l'abdomen sont sollicités et participent à l'émission du son. Chanter demande véritablement une prise de conscience de tous les mécanismes physiques en jeu. Cela exige également une oreille, une capacité à repérer sa propre justesse et à écouter la musique produite autour de soi : une écoute tout à la fois intérieure et extérieure.

2) Nomenclature des voix

Les voix sont nommées en fonction de leur **tessiture**, qu'elles appartiennent au registre masculin ou au registre féminin.

Chez les femmes, la voix la plus aiguë est celle de soprano, qui chante les rôles des grandes héroïnes de l'opéra ; puis, vient la voix de mezzo-soprano, qui chantait souvent à l'origine les seconds rôles ou les rôles de travestis. Chez les hommes, de l'aigu au grave, on trouve les voix de ténor, de baryton et de basse. Mais, à l'intérieur de ces catégories un peu strictes, il existe des variantes : toutes les chanteuses sopranos ne peuvent chanter le rôle de la Reine de la Nuit dans *La flûte enchantée* : il faut pour cela être soprano colorature, c'est-à-dire avoir des aigus encore plus hauts. Le baryton-basse ne chantera pas les rôles du baryton Martin, à la voix plus légère.

Le répertoire baroque nous a fait redécouvrir une voix d'homme haut placée, la voix de haute-contre, qui se rapproche de celle des anciens castrats. Autrefois, en effet, les voix très prisées dans le bel canto étaient des voix d'hommes obtenues par mutilation. Cette opération barbare, pratiquée sur de jeunes garçons, les empêchait de muer. Certains de ces castrats devenaient des stars et le public raffolait des prouesses vocales qu'ils parvenaient à produire dans des rôles aussi bien masculins que travestis. L'opéra a évolué depuis Mozart vers plus de lyrisme, et même si le public est toujours friand des prouesses vocales de certains solistes, l'interprétation d'un rôle ne tient plus seulement à une technique. De nos jours, la voix de haute-contre existe toujours mais s'obtient en développant la voix de tête, grâce à une technique particulière de chant.

3) Les formations

Il existe plusieurs façons de chanter, soit seul, soit en groupe.

a) Les chœurs d'enfants

Bien que le chant soit obligatoire à l'école, encore trop peu d'enfants y reçoivent, en France, une éducation musicale. Ceux qui aiment chanter doivent donc appartenir à une formation constituée, soit chorale soit maîtrise.

Les chorales peuvent dépendre d'un conservatoire, d'une école de musique ou de la bonne volonté d'un adulte, enseignant ou non. Elles sont dirigées par des chefs de chœur et leur répertoire va des chansons populaires aux œuvres plus sophistiquées de la littérature classique.

Les maîtrises sont à la frontière du professionnalisme. Dans une grande partie de l'Europe, et en France jusqu'à la Révolution française, l'enseignement musical se déroulait exclusivement dans les écoles « maîtrisiennes » qui dépendaient des cathédrales. Les enfants, sélectionnés sur concours, y recevaient une éducation générale en parallèle à une véritable formation de chanteurs et de musiciens. Ils chantaient la messe et les offices. En Italie, on observe, dès l'époque baroque, l'existence de « conservatoires », destinés aux orphelins. Ils étaient essentiellement destinés aux garçons, mais celui de la « Pietà » à Venise doit sa renommée à l'excellence des interprètes féminines, dont les voix angéliques s'élevaient derrière des grilles ou des voiles qui dérobaient les chanteuses au regard ! Supprimées en 1791 en France, les maîtrises ont laissé la place au système laïque du conservatoire, dont la vocation s'est davantage tournée vers la formation instrumentale que chorale. En Angleterre, en Allemagne et dans les pays du nord de l'Europe, il n'y a pas eu rupture de la tradition et la pratique chorale de haut niveau y est encore très vivante. Elle inspire à des compositeurs contemporains de très belles pages, destinées aux voix d'enfants seules ou mêlées à des instruments ou à un chœur d'adulte. Ainsi, le compositeur anglais Benjamin Britten a beaucoup écrit pour les voix d'enfants, notamment des chants de Noël et de petits opéras.

b) Le chœur

Le chœur réunit un ensemble de chanteurs à la voix adulte. Ils sont regroupés un peu comme à l'orchestre, par pupitres de voix : les sopranos, les mezzos pour les femmes, les ténors, barytons et basses pour les hommes. Appartenir à un chœur n'exclut pas que l'on ait une autre activité professionnelle. En effet, il existe encore peu de chœurs dont les membres ne vivent que de la musique. Là aussi, entre le chœur amateur qui se réunit pour le plaisir de chanter et un chœur professionnel qui répète tous les jours des œuvres données en concert dans les plus grandes salles, il y a une différence d'ordre parfois plus technique que qualitative : différence de parcours, de formation, d'engagement. Les chœurs professionnels sont les chœurs de radio, les chœurs d'opéras et quelques ensembles réunis autour d'un lieu ou d'une personnalité. Les chanteurs des chœurs professionnels sont souvent recrutés sur concours.

Comme pour les chorales d'enfants, la tradition du chœur est très forte dans certains pays du nord de l'Europe, comme l'Allemagne, l'Angleterre ou les pays scandinaves.

c) Les solistes

La voix est un instrument étrange qui mûrit avec le temps. On ne peut savoir si un enfant aura une belle voix adulte. Il faut attendre la mue, à l'époque de l'adolescence, pour découvrir la voix définitive d'un individu. Et cette voix adulte peut évoluer avec l'âge! C'est pourquoi beaucoup de très grands chanteurs n'ont eu la révélation de leur voix qu'assez tard. En revanche, l'envie de chanter sur scène vient souvent assez jeune.

La carrière d'un chanteur ou d'une chanteuse est plus courte que celle d'un instrumentiste, car la voix se fatigue, perd parfois de sa clarté, de sa transparence ou de sa souplesse, comme un muscle. Les solistes ont des voix exceptionnelles mais ils doivent les travailler tous les jours : exercices d'échauffement, vocalises avec un accompagnateur, un pianiste qui les aide ensuite à trouver, pour chaque partition, la meilleure interprétation possible. Il leur arrive souvent d'avoir à apprendre la prononciation de langues qu'ils ne parlent pas, les solistes étant amenés à chanter des œuvres de toutes sortes. En outre, comme on ne chante jamais aussi bien que lorsque l'on comprend ce que l'on dit, un travail très précis de traduction est souvent nécessaire. Cela dit, bien des chanteurs deviennent polyglottes grâce à la fréquentation de textes allemands, italiens, français, anglais, russes ou tchèques! Un grand soliste est aussi un artiste qui sait quel type de musique convient à sa voix, à quel moment il peut chanter tel ou tel rôle, avec quelle fréquence il peut se produire sans abîmer ce bel organe. Si les voyages, les ovations, la fréquentation des plus belles scènes sont la partie visible de la vie de soliste, il ne faut pas oublier que la voix exige une qualité de vie, un travail constant, une longue préparation en amont. Mais quel moment magique lorsque, grâce à sa voix, l'on arrive à faire partager l'émotion profonde que suscite un poème mis en musique ou un rôle d'opéra! Les solistes se partagent les rôles proposés par les opéras, mais donnent aussi des **récitals** pour lesquels ils choisissent un programme de mélodies, de lieder ou d'airs célèbres, qu'ils chantent souvent accompagnés par un pianiste. Si les compositeurs d'opéras avaient souvent à l'esprit un ou une interprète pour qui ils écrivaient des airs qui les mettaient en valeur (ou en péril!), de nombreux compositeurs romantiques, inspirés par les poètes, écrivaient des mélodies qui traduisaient la mélancolie et la souffrance.

4) Que chante-t-on?

Le répertoire pour la voix est très large et touche à tous les domaines, musique sacrée, opéra, œuvres chorales ou mélodies. Il couvre toutes les périodes de l'histoire de la musique.

L'opéra naît en Italie, avec l'*Orfeo* de Monteverdi. À ses débuts, il reste attaché à sa terre d'origine, même s'il donne de beaux fruits en

Angleterre, grâce à des compositeurs comme Purcell ou Haendel, et en France grâce à Campra, Lully ou Rameau. À la suite de Monteverdi, l'opéra devient très vite un genre recherché par le public. On lui construit donc de très belles salles (en 1637, le premier théâtre d'opéra voit le jour à Venise) et les partitions se multiplient : elles sont signées Cavalli, Alessandro Scarlatti et connaissent un grand succès dans toute l'Europe. Les chanteurs deviennent de véritables vedettes et multiplient les prouesses vocales : c'est la naissance du bel canto.

À l'époque classique, l'Allemagne s'impose. Mozart donnera à ce genre quelques-unes de ses plus belles œuvres : l'*opera seria* (opéra sérieux) comme *La clémence de Titus* avec de grands arias ; l'*opera buffa* (opéra bouffe) comme *Les noces de Figaro* où le sérieux côtoie le comique ; le *singspiel* (opéra où la musique alterne avec la parole) comme *La flûte enchantée* où s'épanouit le génie total de Mozart.

L'opéra ne se coupe pas des idées qui traversent l'Europe au XVIIIe siècle et dans la première moitié du XIXe siècle. Carl Maria von Weber invente une forme d'opéra romantique à l'allemande avec le *Freischütz*, où se mêlent fantastique et amour de la nature. En Italie, au XIXe siècle, l'ambiance est tout autre. Avec Rossini (*Le barbier de Séville*), Donizetti (*Lucia di Lammermoor*) et Bellini (*La Norma*), l'opéra recherche une certaine perfection du chant, celui-ci étant toujours accompagné par un orchestre brillant. On remarque une extrême liberté de choix dans les sujets traités : des drames antiques qui n'excluent pas un certain pittoresque à l'orientale (*Nabucco* ou *Aïda*), des emprunts à la littérature européenne (*Otello* d'après Shakespeare, *La Dame du lac* d'après Walter Scott, *Rigoletto* d'après *Le Roi s'amuse*, de Victor Hugo), et bien sûr des sujets proprement romantiques, de la *Traviata* à *La Bohème*.

On passe progressivement des opéras « à numéros » (alternance des airs et des récitatifs) à une forme plus ambitieuse, plus organisée, plus théâtrale. En même temps, l'opéra se politise et exprime toute l'aspiration de cette Italie fragmentée en mille petits États à trouver une unité nationale. Et c'est Verdi qui symbolise tout cet élan, lui dont le nom, grâce à un jeu de mots génial et connu de tous, devient l'acronyme de ce grand espoir politique : VERDI = Victor-Emmanuel roi d'Italie. Il écrit des opéras spectaculaires aussi bien qu'intimistes, qui permettent que l'on s'identifie aux personnages. Ses airs sont si gracieusement dessinés et si simples à la fois qu'on les retient du premier coup : tout le peuple italien fredonne du Verdi dans les rues.

Après Verdi, c'est Giacomo Puccini (1858-1924) qui pousse le plus loin l'art lyrique italien et qui, à travers ses grandes œuvres, *Tosca, Madame Butterfly, Turandot,* forge les écrins pour les plus grandes voix. Mais c'est Richard Wagner qui transformera notablement l'opéra allemand. Il écrit des œuvres magistrales : *Le vaisseau fantôme, L'or du Rhin, Tannhäuser,* de grandes fresques inspirées des mythologies nordiques qui mêlent solistes, chœur et orchestre. Il fonde le premier grand festival d'opéra à Bayreuth et influence profondément la musique de son époque.

5) De grandes voix du siècle

Maria Callas (1923-1977), soprano

Légende vivante, Maria Callas a réinventé le mythe de la diva.

En Grèce, Maria Kalohgeropoúlos suit des études de chant dès l'âge de quatorze ans et monte sur les planches l'année suivante. Engagée aux Arènes de Vérone en 1947, elle est remarquée par le chef d'orchestre Tullio Serafin qui s'occupe d'elle. Elle triomphe enfin à Venise et ajoute à son répertoire tous les grands rôles : la Brunehilde de Wagner, Aïda et la Traviata de Verdi, puis les héroïnes mozartiennes. C'est au Covent Garden de Londres qu'elle incarne pour la première fois un rôle qu'elle sublime : la Norma de Bellini.

Son timbre personnel est reconnaissable entre tous. La soprano grecque redonne au bel canto toute sa dimension dramatique. À sa suite, les chanteurs lyriques devront envisager l'opéra également en termes de théâtre. Dès 1950, les grandes maisons d'opéra qui la programment font salle comble, la Scala de Milan, Vienne où elle est dirigée par Karajan, Paris, le Metropolitan de New York. C'est une spirale de tournées, de concerts.

Cependant, la Callas s'épuise, elle a des malaises. Elle interrompt sa carrière quelques années, tente de remonter sur scène en 1973, avec une voix appauvrie. Elle n'a plus de raison de vivre, dit-elle, et « la solitaire de l'avenue Georges-Mandel » meurt à Paris le 16 septembre 1977. Elle laisse derrière elle une immortelle discographie.

D'autres grandes voix féminines ont marqué le XXᵉ siècle : la chanteuse allemande Elisabeth Schwarzkopf, irremplaçable interprète des lieder de Schubert, Brahms, Wolf mais aussi de Mozart, les Espagnoles Montserrat Caballé et Teresa Berganza, la Française Régine Crespin.

Cecilia Bartoli (né en 1966), soprano italienne

Cecilia Bartoli est certainement la cantatrice la plus populaire de la planète à l'heure actuelle.

Née à Rome, dans la patrie du bel canto, Cecilia Bartoli est la fille de deux grands chanteurs lyriques. Elle fait ses études à l'académie de Sainte-Cécile. Très vite, ses talents exceptionnels sont remarqués par les plus grands chefs d'orchestre et elle monte à son tour sur les planches dirigée par Herbert von Karajan, Claudio Abbado, William Christie ou Riccardo Chailly. La souplesse, la clarté, la chaleur du timbre de Cécilia Bartoli, ainsi que sa belle générosité sur scène font le reste : le succès auprès du public est immédiat.

Sa voix convient parfaitement aux opéras de Mozart, Rossini et Haendel. Elle donne également de nombreux récitals où elle est accompagnée par des musiciens prestigieux : le pianiste Daniel Barenboïm, le chef d'orchestre et pianiste Myung-Wung-Chung, Jean-Yves Thibaudet, qui est l'accompagnateur attitré de nombreuses divas. Lors de ces récitals, Cecilia Bartoli chante aussi bien des mélodies françaises, des lieder allemands que des airs italiens. Mais sa préférence va au répertoire baroque italien, qu'elle fait découvrir à un public très large. En compagnie des plus grands orchestres du genre, elle fait revivre les noms de compositeurs comme Paisiello, Vivaldi, Caccini, Scarlatti.

Cecilia Bartoli a enregistré dix opéras et de nombreux disques en récital.

Luciano Pavarotti (né en 1935), ténor italien

C'est d'abord dans l'équipe de football locale que ce fils de boulanger de Modène obtient ses premiers succès. Ce qui ne l'empêche pas de chanter avec son père, fan d'opéra, dans la chorale de la ville. Lorsque celle-ci gagne un concours international, le jeune Pavarotti découvre, en même temps, les possibilités de sa belle voix de ténor et le plaisir du succès public. Ses débuts à l'opéra, dans *La bohème* de Puccini, lui ouvrent les portes des plus grands opéras italiens, mais aussi américains et lui gagnent un public enthousiaste. Mais, lorsqu'il parvient sans effort apparent à lancer les neuf contre-ut du grand air de *La fille du régiment* au Mctropolitan de New York, c'est le délire dans la salle et le début de sa consécration planétaire. Nous sommes en 1972.

En 1990 et en 1994, Pavarotti s'associe aux autres grands ténors du moment, les Espagnols José Carreras et Placido Domingo pour donner deux grands concerts télévisés. Deux millions de téléspectateurs, dans le monde entier, plébiscitent avec ardeur les trois chanteurs : c'est la naissance des « Trois Ténors ». Concerts gigantesques, émissions de télévision, disques, les trois ténors attirent des milliers de fans au répertoire de l'opéra.

Luciano Pavarotti a mis fin, depuis plusieurs années, à sa carrière d'interprète, mais il est toujours impliqué dans la vie musicale, aux États-Unis, en particulier.

IV

Le piano, un géant

Instrument roi par excellence, le piano moderne en impose par sa taille, sa puissance et l'étendue de son répertoire. C'est un orchestre à lui tout seul, pouvant à l'infini, au gré des partitions, s'enfler dans les *forte* ou murmurer dans les *pianissimi*, évoquer des images fluides ou imposer une masse sonore proche de la pierre.

Beaucoup de compositeurs furent pianistes et le piano permet une architecture, un ordre utiles à la composition. C'est aussi le compagnon de nombreux instruments, qui sait se faire caressant quand il accompagne la voix et partager la vedette quand il s'associe au violon ou au violoncelle. Il est celui qui rivalise fréquemment avec la grande masse de l'orchestre dans des *concerti* que l'on ne se lasse pas de réentendre.

1) Le clavecin

L'ancêtre du piano mais aussi du clavecin, c'est le psaltérion, un instrument médiéval muni d'un clavier.

D'abord de taille modeste, nommé épinette, virginal ou clavicorde, le clavecin voit le jour au XVIIᵉ siècle. Son principe d'émission du son est celui des cordes pincées, qui l'apparente à la guitare : un bec, actionné par la touche lui correspondant, vient pincer la corde. La force avec laquelle on appuie sur la touche ne change donc en rien la puissance du son qui reste d'humeur égale.

Le clavecin apparaît d'abord en Italie puis conquiert l'Europe. Très vite, il devient un objet d'art en plus d'un instrument de musique : son couvercle est peint de paysages, de chinoiseries, d'animaux, on le décore d'incrustations. Il prend très vite de l'importance en tant qu'accompagnateur mais également en tant que soliste. Les clavecinistes virtuoses du XVIIᵉ siècle lui écrivent ses plus belles pages : Scarlatti en Italie, Rameau et Couperin en France, Bach en Allemagne. Des transcriptions de chansons et des rythmes de danses à la variation, le répertoire se complexifie avec les avancées techniques de l'instrument.

Le clavecin règne en maître pendant près d'un siècle. Il connaît une première crise à la Révolution française. Beaucoup sont alors détruits, comme symboles d'une aristocratie oisive. Puis l'apparition du pianoforte lui porte un coup fatal. Il faut attendre le XXᵉ siècle et la redécouverte de tout le répertoire baroque par des musiciens et des musicologues qui s'intéressent en même temps à la lutherie pour que l'on entende à nouveau sonner le son détaché et précis du clavecin. Jusqu'au milieu des années soixante-dix, le répertoire écrit pour le clavecin était presque toujours joué au piano. Si sa sonorité peu puissante ne convient pas toujours aux grandes salles de concert actuelles, elle se marie avec grâce à beaucoup d'instruments : cordes, vents et voix.

2) Le pianoforte

C'est le véritable ancêtre du piano. Son nom italien explique ses nouvelles possibilités : jouer *piano*, c'est-à-dire doucement, ou *forte*, c'est-à-dire fort. Ces nuances sont rendues possibles grâce au système mécanique des cordes frappées par un petit marteau. Dès le début, le pianoforte adopte la forme du clavecin et il est pourvu d'attributs qui changeront peu : un clavier à cinq octaves. Ce nouvel instrument correspond mieux aux exigences de nombreux compositeurs mais ne plaît pas à tous, Jean-Sébastien Bach, par exemple. Pourtant, il va rapidement s'imposer face au clavecin.

3) Le piano

Le piano apparaît dans une forme primitive à la fin du XVIIIᵉ siècle. Le système des marteaux permet d'augmenter la puissance de l'instrument. Le facteur français Érard lui apporte de notables améliorations, dont le double échappement qui permet de produire des notes répétées à toute vitesse ! Toute une nouvelle gamme d'effets est possible, comme le *legato* qui les unit doucement ou, au contraire, le *staccato* qui permet de les détacher. Quelle palette sonore, rythmique, harmonique s'offre maintenant aux compositeurs ! L'interprète peut enfin contrôler l'intensité par le toucher et s'adonner à tous les effets de la virtuosité !

4) Tout un répertoire nouveau

Avec les débuts du pianoforte, on voit apparaître une nouvelle forme, la sonate. Composée pour un instrument à clavier, elle est écrite en trois ou quatre mouvements (allegro, andante, menuet et final). Son premier mouvement s'organise autour d'un plan très précis qui sera utilisé par la plupart des compositeurs classiques : une exposition, dans laquelle deux thèmes sont présentés successivement, puis un développement, où les deux thèmes se mêlent et se combinent, et enfin une « réexposition », où les deux thèmes sont réentendus sous leur forme première, suivis d'une conclusion, la coda.

Le piano a la puissance d'affronter l'orchestre et il devient l'instrument de prédilection du concerto, une pièce pour orchestre où un instrument tient un rôle de soliste. C'est Mozart qui invente le concerto pour piano. Il en écrit vingt et un pour clavier seul ! Le concerto pour piano reste une forme qu'affectionnent les compositeurs jusqu'au XXe siècle.

5) Des virtuoses qui écrivent pour leur instrument

Dès sa naissance, quasiment presque tous les compositeurs ont écrit pour lui comme s'il était « le plus grand excitant pour l'imagination musicale », dira le compositeur Olivier Messiaen. Il faut dire qu'une grande majorité d'entre eux possédait une pratique de l'instrument. Beethoven, à commencer par lui, était un pianiste de génie qui fait franchir à l'écriture pour piano un pas gigantesque à travers trente-deux sonates, mais également des variations et de somptueux concertos. Certaines de ses sonates portent un nom qui évoque bien ce caractère poétique de la musique : la *Pathétique*, la sonate *Au clair de lune* ou l'*Appassionata*. Une époque romantique, dont Beethoven a ouvert les portes, fait du piano l'instrument roi. Qu'il accompagne tous les lieder viennois d'un Schubert, d'un Schumann ou d'un Brahms, ou qu'il triomphe en soliste sous les doigts d'un Chopin ou d'un Liszt, il est l'instrument qui permet à l'artiste romantique d'exprimer toute la palette de ses émotions. À l'aube des temps modernes, c'est également à travers son écriture pour piano que Debussy trouvera cette nouvelle expression musicale qui l'apparente aux impressionnistes. À travers le piano, instrument occidental par excellence, il se rapproche néanmoins des musiciens orientaux, par l'importance qu'il accorde à la qualité du son. Plus tard, au XXᵉ siècle, c'est justement tous les possibles sonores du piano qui intéresseront les compositeurs. Ils exploiteront davantage son côté «percussif», ses résonances, comme Béla Bartók dans son concerto pour piano et percussions ou, plus tard, Pierre Boulez dans ses œuvres pour piano. Certains même, comme John Cage, le «préparent» en ajoutant entre ses cordes des objets qui en modifient le son. Le piano qui appartient à la fois à la famille des cordes et à celle des instruments à percussion, redynamise au XXᵉ siècle son côté percussif.

6) Les interprètes virtuoses

Alfred Cortot (1877-1962)

Né en Suisse, il fait ses études au conservatoire de Paris, avec un élève de Chopin. Lors de son premier voyage à Bayreuth, en 1896, il rencontre Cosima Wagner, fille de Liszt et épouse du compositeur dont il devient l'ami. Cette rencontre déclenche en lui l'envie de diriger, et de diriger Wagner. À Paris, reconnu par Gabriel Fauré, il parvient à faire jouer *Le crépuscule des dieux* qui déchaîne la fureur de la critique, de Debussy en particulier!

En 1905, il s'associe à deux grands artistes de l'époque, le violoncelliste espagnol Pablo Casals et le violoniste Jacques Thibaud: leur trio vivra jusqu'à la Seconde Guerre mondiale. À cette période toujours, il donne une moyenne de cent concerts par an, découvre les États-Unis, commence à constituer une impressionnante bibliothèque musicale, fonde l'École normale de musique et y enseigne.

Pendant la Seconde Guerre mondiale, il prend le parti de Vichy et on lui confie la responsabilité de la musique. Arrêté à la fin du conflit, il part en Suisse mais rentre assez vite en France où il reprend sa vie de concertiste.

L'influence de Cortot fut immense sur la notion d'interprétation: il défend, à la suite du pianiste Anton Rubinstein, l'idée que l'interprète devient à son tour l'auteur de la musique qu'il joue. Il a également remis au goût du jour un répertoire romantique et s'est intéressé à une morphologie de l'interprétation, associant technique et expression. Nombre de ses enregistrements sont disponibles dans les collections «Archives».

Artur Rubinstein (1887-1982)

Né en Pologne, Artur Rubinstein donne son premier récital de piano, à l'âge de six ans, avant de commencer à apprendre le violon!

Mais il retourne à ses premières amours : après être devenu l'élève, à Berlin, du plus célèbre violoniste de l'époque, Joseph Joachim, il suit l'enseignement du grand pianiste polonais Paderewski.

En 1906, il embarque pour l'Amérique qui le découvre et l'apprécie. Il se réfugie en Espagne pendant la Première Guerre mondiale et acquiert, à cette période, une réputation dans le monde hispanophone. Ses Mémoires permettent de découvrir ce que pouvait être la vie d'un grand soliste dans la première moitié du siècle dernier.

À plus de quatre-vingts ans, il donne encore des concerts sur les cinq continents. Rubinstein est le dédicataire d'œuvres de Stravinsky, Falla, et il interprète merveilleusement bien Debussy et Ravel. Cependant, c'est avec la musique de Frédéric Chopin qu'il a gagné ses lettres de noblesse. Il finit sa vie aux États-Unis, dont il devient citoyen en 1946.

Glenn Gould (1932-1982)

Né à Toronto, il montre dès l'âge de trois ans des dispositions exceptionnelles pour la musique : oreille absolue, capacité à lire la musique, sens de la composition.

Son prix de piano au conservatoire de Toronto à l'âge de douze ans lui ouvre les portes des salles de concert canadiennes. C'est déjà une célébrité du monde de la musique qui fait son apparition en 1950 sur les ondes de la radio canadienne CBC Radio Network. Il a déjà composé deux œuvres, une sonate pour piano, une sonate pour basson et piano et il commence à sillonner l'Ouest canadien avec orchestre ou en récital. La presse est dithyrambique : Glenn Gould stupéfie Montréal. Il n'a qu'une vingtaine d'années !

À la suite de son premier récital à New York, en 1955, il signe un contrat d'exclusivité avec la firme de disques Columbia, qui publie en 1956 son premier enregistrement des *Variations Goldberg*. Ce disque aura un retentissement international : Gould, en effet, y propose une lecture tout à fait originale de l'œuvre pour piano de Jean-Sébastien Bach dont il va devenir l'interprète incontournable. Puis ce sont les tournées avec les plus grands orchestres et les plus grands chefs, les émissions télévisées sur les sujets musicaux. En 1960, Gould fait la rencontre de sa vie : un piano de concert, un Steinway, le CD318, dont il ne se séparera plus.

Interprète fantasque, personnalité double, physique d'ange se transformant, assis très bas sur son tabouret, en gnome, pianiste au jeu étonnamment naturel mais extrêmement précis, Glenn Gould décide de ne plus se produire sur scène en 1964, préférant à l'aléa du concert la précision des studios. Sa mort prématurée, en octobre 1982, alors qu'il débutait une carrière de chef d'orchestre, ajoute à sa légende.

Alfred Brendel (né en 1931)

Assister à un concert d'Alfred Brendel fait encore partie des plaisirs de ce monde. Artiste atypique, Alfred Brendel s'intéresse à toutes les formes d'art : la peinture, la littérature, la réflexion et la musique, aussi bien que la composition ou l'interprétation.

Né dans une famille de mélomanes, Brendel apprend le piano au gré des déplacements de ses parents et des aléas de l'histoire, mais il forme son oreille musicale et son jeu tout seul, à l'écoute des interprètes qu'il côtoie et en s'écoutant, à l'aide d'un magnétophone. Il aborde prudemment la vie de concertiste, continuant à vivre les conseils de quelques maîtres, mais son talent lui vaut bientôt de nombreuses propositions, dont celles des maisons de disques.

Il est le premier à avoir enregistré l'intégrale de l'œuvre pour piano de Beethoven. Depuis, il a presque tout joué et presque tout enregistré avec les plus grands orchestres, les plus grands chefs. Et la silhouette de ce pianiste immense aux grandes lunettes et au grand front est devenue familière à tous les amoureux du piano.

Annexes

Lexique

A capella : en latin « à chapelle », signifie toute œuvre chantée sans l'accompagnement d'instruments.

Air ou **Aria** : c'est une mélodie interprétée a capella ou accompagnée d'un ou de plusieurs instruments, qui met en valeur le soliste qui la chante. Employé surtout à l'opéra.

Cantate : cantate, qui vient de *cantare* (chanter), s'oppose à ce qui est joué (toccata, du verbe *toccare* : jouer) et désigne donc une composition à une ou plusieurs voix, avec accompagnement instrumental. Elle se divise en plusieurs parties : récitatifs, duos, chorals, chœurs.

Castrats : chanteurs mâles de l'époque baroque auxquels on faisait subir, enfants, une opération pour que leur voix ne mue pas.

Chantre : homme d'Église formé pour chanter.

Chœur : réunion de chanteurs qui interprètent un morceau ensemble ou œuvre écrite pour ce groupe.

Choral : chant religieux pour chœur, d'origine protestante.

Dédicataire : interprète, mécène, inspirateur à qui est dédiée une œuvre de musique.

Dessus : partie la plus aiguë (vocale ou instrumentale) dans une œuvre polyphonique ; à l'époque baroque, instrument soliste d'une suite.

Facteur (ou luthier) : artisan qui fabrique un instrument.

Leitmotiv : thème qui revient à plusieurs reprises dans une œuvre.

Lied (pluriel **lieder**) : mélodie de langue allemande, souvent composée sur un poème.

Livret : texte d'un opéra.

Madrigal : pièce vocale polyphonique sur un texte poétique.

Maître de chapelle : musicien attaché à une cour ou une cathédrale et responsable de la musique, c'est-à-dire de l'éducation des enfants, la composition de pièces sacrées, l'entretien des instruments et la direction des formations musicales.

Motet : chant religieux à plusieurs voix.

Opera buffa : opéra « comique » dont les personnages sont tirés de la vie quotidienne.

Opera seria : genre d'opéra sérieux, très en vogue aux XVIIᵉ et XVIIᵉ siècles, basé souvent sur des sujets mythologiques.

Opus : indication numérotée qui sert à classer une œuvre dans le catalogue d'un compositeur.

Orchestration : extension d'une œuvre pour qu'elle puisse être jouée par un orchestre (exemple : les *Tableaux d'une exposition*, écrit à l'origine pour piano par Modest Moussorgski et orchestré par Maurice Ravel).

Partie : dans la musique vocale, désigne chaque ligne individuelle ; dans la musique instrumentale, la musique imprimée destinée à un instrument particulier.

Polyphonie : superposition de plusieurs mélodies, vocales ou instrumentales.

Profane : qui n'est pas religieux.

Pupitre : désigne initialement l'objet qui supporte les partitions pendant que les musiciens jouent. Par extension, désigne dans l'orchestre les musiciens jouant du même instrument (pupitres de cordes, pupitres de violoncelles, pupitre des vents…).

Récital : prestation musicale donnée par un soliste (accompagné, pour la voix, d'un orchestre ou d'un pianiste).

Sonate : pièce en plusieurs mouvements destinée à un instrument soliste ou un petit groupe d'instruments. À ne pas confondre avec la **forme sonate**, une structure qui sert de modèle à la plupart des compositions classiques.

Symphonie : pièce jouée par un orchestre, sans partie de soliste spécifique.

Tempo (pluriel **Tempi**) : vitesse de la pulsation d'un morceau.

Timbre : couleur sonore d'une voix ou d'un instrument.

Transcription : arrangement d'une œuvre pour d'autres instruments que ceux prévus au départ (différents d'une orchestration).

Unisson : exécution simultanée d'une même mélodie par plusieurs voix.

Les grands rendez-vous de la musique classique

La Fête de la musique

C'est en 1982 que l'aventure commence. Pour donner enfin la parole aux milliers de musiciens amateurs que compte la France, Jack Lang, ministre de la Culture, et Maurice Fleuret, directeur de la Musique, invitent tous les instrumentistes à s'exprimer dans la rue, entre 20 h 30 et 21 heures. Instruments de fortune, groupes improvisés, mélange des générations, participation des professionnels : le public répond largement présent, bien au-delà de la petite demi-heure prévue !

Depuis, chaque année, pour le premier jour de l'été, la fête est là.

Depuis plusieurs années, l'Éducation nationale édite un CD et propose aux enseignants de faire chanter les enfants des écoles primaires. Chaque formation, chaque particulier, chaque commune peut envoyer son projet au ministère qui regroupe toutes les informations. Elles sont accessibles sur le site du ministère de la Culture.
www.fetedelamusique.culture.fr

Les festivals

Il existe actuellement d'excellents festivals de musique classique dans toutes les régions. Certains sont plus orientés vers une époque, comme les festivals de musique baroque (Saintes en Charente-Maritime, Beaune en Bourgogne, Ambronay, Saint-Guilhem-le-Désert près de Montpellier), d'autres sont consacrés à un genre (l'opéra à Aix-en-Provence ou Saint-Céré, le piano à La Roque-d'Anthéron, la musique de chambre à l'Empéri) mais le plus souvent, les festivals proposent toutes sortes de musiques.

Chaque année, les grands journaux spécialisés et le ministère de la Culture éditent des brochures très bien faites qui donnent la liste de tous les festivals, les dates et les contacts. Il n'y a plus qu'à choisir !

Le festival d'art lyrique d'Aix-en-Provence (juillet)

C'est en 1954 qu'a lieu la première édition du festival. On la doit à Gabriel Dussurget qui monte le premier *Don Giovanni* de l'histoire du festival.

Depuis 1998, c'est Stéphane Lissner qui tient les rênes de cette célèbre institution. Il crée l'Académie européenne de musique qui forme des musiciens qui prendront part au festival.

Le festival d'Aix-en-Provence est une manifestation pleine de charme : la qualité et souvent l'originalité des productions attirent un public d'amateurs d'opéras toujours constant. Les places ne sont pas à la portée de toutes les bourses mais, si l'on aime l'opéra, cela vaut la peine au moins une fois de sentir le soir tomber sur la cour de l'Archevêché et d'entendre le chant des grillons et des hirondelles se mêler aux voix des chanteurs.

Les Chorégies d'Orange (juillet)

Créé en 1969, c'est le plus ancien festival français. Il se déroule dans le théâtre antique d'Orange qui peut accueillir huit mille six cents personnes et qui possède une acoustique exceptionnelle !

Les Chorégies proposent chaque année une à deux grandes œuvres du répertoire : *Aïda* de Verdi, *Carmen* de Bizet, *La bohème* de Puccini ainsi que des concerts symphoniques.

On compte d'autres festivals d'opéras en Europe : le festival de Salzbourg (Autriche), de Bayreuth (Allemagne) consacré à Wagner, de Pesaro (Italie) consacré à Rossini, de Glyndebourne (Angleterre).

Festival international de piano de La Roque-d'Anthéron (juillet-août)

Pour la première fois, en août 1981, le parc du château de Florans retentit des accents du piano.

Les plus grands pianistes du monde entier, mais aussi les étoiles montantes, répondent tous les ans à l'appel : jouer à La Roque-d'Anthéron est devenu une preuve de reconnaissance. Aux concerts viennent s'ajouter des conférences, des rencontres avec les artistes, des cours donnés à de jeunes pianistes qui ont l'occasion de se produire aux côtés des plus grands. Depuis plusieurs années, le piano jazz est aussi de la fête.

Le festival de Radio France à Montpellier (juillet)

Diversité et surprises sont au programme de ce festival qui se déroule à Montpellier et dans sa région, et dont tous les concerts sont retransmis par Radio France. De l'opéra au récital, en passant par les concerts symphoniques, les rendez-vous quotidiens avec le jazz, les soirées de musique du monde, ce festival propose à toutes les bourses et à tous les goûts un choix intelligent. Les concerts ont lieu à différentes heures de la journée, ont des durées variables et donnent ainsi l'occasion à des publics moins spécialisés de découvrir des œuvres et des interprètes.

Le festival de musique contemporaine Musica (octobre)

Il y a plus de vingt ans qu'à l'initiative de Maurice Fleuret, alors directeur de la musique, le pays décide de donner une descendance aux grands festivals de création qu'ont été les festivals de Royan, La Rochelle ou le Domaine musical. Ils permettaient au public de suivre les recherches menées dans le domaine de la création musicale.

L'actuel directeur brasse les musiciens amateurs avec les meilleurs professionnels de la planète. Il invite les compositeurs à la pointe de la pensée, mélange les genres qui dialoguent, n'oublie pas la formation professionnelle et la pédagogie et réussit à faire de cet événement le rendez-vous des oreilles curieuses.

Les Folles Journées de Nantes (janvier-février)

Créé il y a onze ans par René Martin, c'est maintenant sur cinq jours que se déroule l'un des festivals de musique classique les plus populaires de France.

Le principe est simple et efficace : concentrer en un lieu et sur une courte durée un maximum de concerts ; multiplier les propositions, du solo à la musique symphonique, en passant par les chœurs et la musique de chambre ; ne pas craindre de faire jouer les « classiques » ; trouver un thème porteur chaque année ; associer à l'événement toutes les forces vives musicales, les professionnels bien sûr, mais aussi les écoles de musique, les chorales, les amateurs.

Petite histoire des grandes salles parisiennes

L'opéra Garnier

Construit sous Napoléon III, on doit l'opéra de Paris à Charles Garnier, un jeune homme de trente-cinq ans, ancien prix de Rome, qui remporte le concours lancé par l'impératrice Eugénie dans la lignée des grands travaux menés par le baron Haussmann.

L'opéra Garnier loge « les petits rats de l'opéra » ainsi que le ballet de l'opéra. De nombreux corps de métier y sont encore installés : costumiers, rempailleurs, ébénistes, qui assurent l'entretien de cette vénérable institution. On peut y assister à des spectacles de danse et à des opéras baroques. À l'entracte, on a l'impression de franchir le temps en arpentant les salons aux parquets éclairés par le scintillement des lustres.

Le théâtre du Châtelet

C'est également l'impératrice Eugénie qui fait construire ce théâtre moderne inauguré en 1862. Il brûle en 1871 mais est reconstruit sur les mêmes plans.

Rapidement, le théâtre devient un haut lieu de la vie artistique : Tchaïkovski, Debussy, Grieg, Mahler ou Richard Strauss y dirigent !

Pendant cinquante ans, à partir de 1928, le théâtre sera dirigé par Maurice Lehmann, qui introduit en France les grands « musicals » de Broadway comme *Mississipi Show Boat* d'Oscar Hammerstein et Jerome Kern. Puis le théâtre du Châtelet devient le haut lieu de l'opérette dans laquelle triomphent Luis Mariano, Francis Lopez, Tino Rossi ou Georges Guétary.

Héritier d'une grande tradition, le théâtre du Châtelet propose à présent des programmations souvent audacieuses, autour de l'opéra, de la danse et de la musique symphonique. Les mélomanes peuvent aussi déjeuner après les concerts de midi sur la terrasse peinte par Adami.

Le théâtre des Champs-Élysées

Gabriel Astruc décide, en 1913, la construction d'une nouvelle salle parisienne. Il sollicite des artistes contemporains, les frères Perret, le sculpteur Antoine Bourdelle et le peintre Maurice Denis.

Le théâtre des Champs-Élysées accueille en permanence les grandes formations symphoniques françaises ou internationales (Orchestre national de France, Orchestre philharmonique de Radio France, Concertgebouw d'Amsterdam, Orchestre philharmonique de Vienne) et il propose une programmation d'œuvres vocales : oratorios, opéras de chambre, récitals. Le lieu est classé monument historique depuis 1953.

Un certain nombre de salles ont un lien avec les pianos : la salle Pleyel qui date de 1927, la salle Gaveau, petit bijou qui vient d'être rénové à l'identique, la salle Cortot, du nom du pianiste. Il faut citer également l'Opéra-Comique, la plus ancienne de Paris, mais qui a dû être reconstruite sous sa forme actuelle en 1898 après deux incendies. Là ont été créés les opéras *Mignon, Carmen, Louise, Pelléas et Mélisande*. Après des années de music-hall, les voix du présent retrouvent parfois les fantômes du passé à l'occasion d'opéras ou de récitals. La salle du théâtre du Conservatoire a été réalisée en 1811 par l'architecte Delannoy. Construite sur le site de l'ancienne salle de spectacle des Menus Plaisirs, elle-même bâtie en 1752 et utilisée par la suite par les élèves de l'École royale de chant, cette salle dite « salle des concerts du Conservatoire » a été classée monument historique en 1921. Elle a été le témoin d'un grand nombre de concerts. Son acoustique y est exceptionnelle ! Ailleurs qu'à Paris, l'Opéra de Vichy est un petit bijou : c'est le dernier opéra où le compositeur Richard Strauss ait dirigé !

Les médias

Les chaînes de radio

Les radios publiques

France Musiques : C'est la chaîne nationale de radio consacrée à la musique classique, captable dans toute la France. Elle propose des concerts, en direct ou enregistrés, donnés en France ou dans le monde, des magazines auxquels participent les acteurs de la vie musicale, des émissions thématiques, des informations sur l'actualité du disque, du jazz, des musiques du monde, de la chanson. On peut consulter les programmes dans le supplément du *Monde*, le supplément radio de *Télérama* ou le supplément détaillé de *Classica*, partenaire de France Musiques...
http://radio-france.fr/chaines/France-musiques

France Inter : Le producteur Frédéric Lodéon propose chaque jour à 16 h un rendez-vous avec la musique classique, *Carrefour de Lodéon*, ainsi qu'un concert le dimanche soir

FIP : Cette chaîne de diffusion musicale construit des programmes suivant la règle des mélanges : ses choix classiques sont excellents et permettent de découvrir des interprétations récentes.

France Culture : Cette radio propose des rendez-vous réguliers avec la musique et des émissions spéciales.

Les chaînes privées

Radio Classique : C'est la deuxième grande chaîne sur ce répertoire qui couvre presque toute la France. Elle diffuse de la musique classique en continu ; celle-ci est essentiellement enregistrée. Les différentes tranches de programmes sont construites par thèmes, les rendez-vous sont réguliers, certains évoquent aussi l'actualité. Radio Classique est liée au magazine *Le Monde de la musique* qui édite un supplément sur ses programmes.

La télévision

Sur France 2, l'émission d'Ève Ruggieri, *Musiques au cœur*, le lundi à 1 heure du matin, est consacrée exclusivement à la musique classique.

Sur France 3, le samedi toujours à 1 heure du matin, *Arrêt spectacles* propose tous types de spectacles.

Sur Arte, les émissions sont plus nombreuses et variées. *Maestro* est l'émission musicale avec l'opéra du mois, *Thema* et *Metropolis* consacrent certains de leurs sujets à la musique classique.

Sur le câble, deux chaînes, Mezzo et Musique classique, offrent des opéras ou concerts filmés, des magazines sur l'actualité, des entretiens avec des artistes, mais aussi des informations sur la danse.

http://www.mezzo.fr

Les journaux spécialisés

C'est généralement une presse mensuelle qui commente l'actualité, développe tous les mois plusieurs sujets, brosse des portraits d'artistes, établit des palmarès du disque (Diapason d'or, Choc du *Monde de la musique*) et liste les concerts dans toute la France. *Diapason* propose en plus des bancs d'essai d'instruments de musique ou d'écoute.

Certains de ces journaux sont généralistes : *Le Monde de la Musique, Classica, Diapason, La Lettre du musicien…*

D'autres se spécialisent : *Pianiste, Piano Magazine, Goldberg* (musiques anciennes), *Opéra international*. Certains sont accompagnés d'un CD.

Les livres

– La collection « Découvertes » chez Gallimard consacre un grand nombre de ses titres à la musique (les compositeurs, les grands chefs d'orchestre, l'opéra) : le texte, rédigé par un spécialiste, est accompagné d'une vaste iconographie et de documents.

– La nouvelle série « Classica » publiée chez Actes-Sud propose des monographies faciles à lire : déjà publiés, Chopin par Alain Duault, Richard Strauss par André Tubeuf, Gustav Mahler par Stéphane Friedrich, Maurice Ravel par David Sanson, Monteverdi par Rinaldo Alessandrini.

– La collection « Solfèges » et la série « Pour la musique » aux éditions Jean-Paul Gisserot permettent de découvrir la vie des grands compositeurs et les textes sont généralement illustrés de photos ou de dessins ou sont accompagnés de documents.

– La collection des « guides » (*guide de la musique symphonique, de la musique sacrée, de la musique pour piano…*) aux éditions Fayard propose une étude détaillée des œuvres qui sont classées par compositeurs. Par ailleurs, cette maison publie régulièrement des monographies de compositeurs très documentées et rédigées par les plus grands musicologues. Enfin, en collaboration avec les Folles Journées de Nantes et la maison d'édition Mirare, Fayard édite de petits ouvrages plus simples et moins chers sur les thèmes annuels du festival.

– À noter également *L'indispensable du disque économique,* par Piotr Kaminski et Jean-Charles Hoffelé.

– La collection « Bouquins » chez Laffont possède quelques ouvrages sur la musique classique : un dictionnaire des interprètes, publié sous la direction d'Alain Paris, qui vient d'être réédité ; un dictionnaire encyclopédique de la musique qui répond à toutes sortes de questions ; un guide de la musique ancienne et baroque et du piano, ainsi que des écrits sur la musique.

Sites Internet

Actualité et informations :

Il existe de nombreux sites consacrés à l'actualité de la musique classique, aux concerts, publications et achats de disques à des prix intéressants. Voici un choix qui n'est pas exhaustif :

www.ResMusica.com, Le Quotidien de la musique classique
Proposé comme un journal sur le web, ce site contient des informations sur les concerts, les parutions en CD et DVD, des articles sur différentes productions, des dossiers sur des compositeurs, des jeux et des concours pour gagner des places gratuites ou des disques. Le ton est plutôt moderne.

www.cmbv.com
Site officiel du Centre de musique baroque de Versailles, qui est le lieu de recherche sur la musique baroque en France (base de données, éditions, bibliothèque, recherche...).

www.cite-musique.fr
Outre les concerts, ce site propose de nombreuses informations autour des musiques et des pratiques.

www.culturekiosque.com
Magazine européen de promotion des arts (concerts, CD).

www.delamusique.com
Serveur consacré aux concerts en France, dans le monde et aux groupes de musique (un peu de classique).

La documentation musicale :

www.bgm.org
Site de la bibliothèque Gustav Mahler qui est un centre de documentation très riche exclusivement en classique.

Les éditeurs de musique donnent souvent sur leur site des renseignements sur les compositeurs qu'ils éditent : Fayard, Boosey & Hawkes, Henle, Leduc, Lemoine, Salabert...
www.art6.com

Annuaires et dossiers sur les musiciens classiques avec leur biographie, leurs agendas...
www.yahoo.com ou http://fr.music.yahoo.com/biographies

De nombreux sites, souvent créés par des «fans», sont consacrés à des compositeurs : www.hberlioz.com, charles-gounod. com, gustav-mahler. net, franz-schubert. org, richardwagner. free. fr

Les interprètes

La plupart des grands interprètes, vivants ou morts, ont maintenant leur site officiel qu'il est facile de trouver, mais plus difficile à consulter si l'on ne parle pas au moins l'anglais. Les galeries de photos et parfois les extraits musicaux valent tout de même la peine !
www.leonardbernstein.com ; www.karajan.org ; www.helengrimaud.com ; glenngould.com ; www.lacallas.com ; www.alfredbrendel.com

Acheter des disques, des DVD

www.andante.com
Site avec revues de presse, articles sur les nouveautés du disque, possibilité d'achat. Il faut s'abonner.

www.priceminister.com
Les disques vendus à moitié prix

www.fnac.com

www.amazon.fr

shopping.lycos.fr

www.universalmusic.fr

www.classicstoday.com

708

Composition PCA - 44400 Rezé
Achevé d'imprimer en France (Ligugé) par Aubin
en décembre 2005 pour le compte de E.J.L.
87, quai Panhard-et-Levassor, 75013 Paris
Dépôt légal décembre 2005
1er dépôt légal mai 2005

Diffusion France et étranger : Flammarion